DU MÊME AUTEUR

Tropiques Nord, roman, vlb éditeur, 1990.

ELDORADO

Les Éditions de la Pleine Lune
C.P. 28
Lachine, Québec
H8S 4A5

Illustration de la couverture
Anouk Pérusse-Bell, *Soledad*, 1994.

Photo de l'auteur
Josée Lambert

Infographie et montage
Lafrenière Design

Diffusion pour le Québec et le Canada
Diffusion Prologue
1650, boul. Lionel-Bertrand
Boisbriand (Québec)
J7E 4H4
Tél.: (514) 434-0306
Téléc.: (514) 434-2627

Pascal Millet

Eldorado

roman

la pleine lune

ISBN 2-89024-094-0
© Les Éditions de la Pleine Lune
Dépôt légal — Premier trimestre 1994
Bibliothèque nationale du Québec
Bibliothèque du Canada

À Germaine

Vie, je te veux.
Je t'ai toujours voulue.
J'avais pas le mode d'emploi.

Richard Bohringer

«7.65» désigne à l'origine une munition qui au fil des ans est devenue une appellation populaire et usuelle pour nommer de nombreux pistolets automatiques utilisant ce type de cartouche.

1

Il pleuvait. Depuis une quinzaine le climat s'enfonçait inexorablement dans la médiocrité, les caniveaux n'en finissaient pas de déglutir toutes les saloperies du monde et rien ne laissait croire à des jours meilleurs. Loin devant moi l'aube cherchait à crever l'obscurité, une lueur blafarde tentait vainement de me tirer du ridicule, mais il n'y avait que les trottoirs pour la capter et la refléter sur leurs miroirs infinis. Je ne pouvais pas m'en sortir ainsi, toute la nuit je l'avais cherchée. Je me suis arrêté un instant pour souffler. Avec le jour, mon calvaire se terminait, j'ai relevé mon col.

La pluie redoublait de violence. Les gouttes d'eau semblaient maintenant vouloir me clouer au sol, m'épingler tel un papillon sur le bitume ou m'emporter corps et âme vers la gueule béante d'un égout. Avant cela, elles avaient glissé sur mon imperméable comme des perles de rosée, puis sournoisement elles s'étaient frayées un chemin jusqu'à mes épaules pour y construire leur prison de glace. Je claquais des dents. J'avais une barre d'acier au niveau des reins, une barre qui me tirait en arrière et me rappelait l'insomnie et le cauchemar. J'ai baissé la tête, fouillé au fond de mes poches pour y chercher une cigarette; je n'y ai trouvé que la mixture d'un paquet de tabac éventré et le contact froid et métallique de mon 7.65.

Le regard perdu, j'ai essayé de relever les épaules. J'étouffais sous ma croix, cela faisait maintenant un an qu'elle me traînait à travers des nuits inutiles. J'ai failli hurler, me brûler les poumons dans un cri déchirant, mais un goût de bile a tapissé le fond de ma gorge, souvenir d'une douleur intérieure, inapparente et seulement confinée au sein de mon âme. Il n'y avait rien à extérioriser! Je souffrais, mais le jour arrivait. Je souffrais, mais mon angoisse s'estompait car ce n'était que la nuit que je me heurtais aux murs de briques, aux graffiti obscènes, que la nuit qu'il m'arrivait de rester des heures au même endroit à aligner des mégots dans le noir et à guetter son visage. OÙ ÉTAIT-ELLE?

J'ai continué à avancer dans une rue oubliée, j'ai imploré le ciel une dernière fois, mais il était bien à sa place, je n'avais plus qu'à accepter mes illusions dans l'aube ruisselante.

Un peu plus tard, j'ai quitté mon semblant de rue pour une réalité plus vivante. En petits paquets serrés ou espacés, des êtres s'animaient vers des destinées peu enviables. Des petites troupes de fourmis dociles et ouvrières émergeaient de partout comme magnétisées par une force surnaturelle. Elles se heurtaient parfois, s'arrêtaient sans raison puis repartaient instinctivement dans une autre direction. Chaque matin, avec ou sans pluie, la ville se transformait en une immense fourmilière. Une envie de me fondre dans la masse, de faire quelques pas dans une autre dimension m'a fait changer de trottoir; mais mon cauchemar avait laissé des traces, les regards et les corps me rejetaient; j'étais devenu une chose écœurante et, dans un besoin de sécurité, j'ai serré la crosse de mon arme. J'ai titubé quelques instants; et lentement j'ai levé la tête, passé une main incertaine dans mes cheveux pour leur redonner un semblant de coiffure, redressé ma colonne vertébrale et marché un peu plus vite pour reprendre la cadence. Il en fallait peu pour se faire oublier, par mimétisme il était facile de glisser dans l'anonymat, de changer de peau et devenir quelqu'un d'autre. J'ai souri à cette idée; déchet humain, je réintégrais mon statut sécurisant de fils d'homme d'affaires. Le jour pointait et je redevenais la progéniture de Paul Kavinsky, le Kavinsky des surgelés, le roi du congelé! «Kavinsky et Fils», les murs de la grande cité étaient rongés par cette publicité, il suffisait de regarder autour de soi pour être frappé par un poulet congelé ou un assortiment de légumes plus frais que frais cueillis. Cela me dégoûtait! Cela me dégoûtait mais j'avais des droits dans cet empire, des parts, et si je refusais d'y travailler, mon père acceptait tout de même de me signer quelques chèques en souvenir de ma mère. Tout lui venait du grand-père qui quarante ans plus tôt, juste après avoir signé ses papiers d'immigration, avait lancé l'affaire. Une intuition, paraît-il! Une intuition qui devait devenir réalité. «Kavinsky et Fils»... J'avais refusé cet avenir et j'avais foutu le camp du domaine familial à la mort de ma mère pour glisser dans l'inconnu, la rencontrer, elle, et dégringoler en enfer.

La foule était maintenant totalement indifférente à mon égard et, excepté pour certains qui voyaient peut-être leurs mauvais rêves s'étirer, je n'étais plus une apparition sortie du néant. Dressées et bien sages, les petites fourmis allaient travailler sans se poser de questions, sans réfléchir sur l'être ou le devenir et surtout sans penser à leur condition. D'un certain côté, je les enviais et de toute façon je ne pouvais leur en vouloir, dans ce bas monde chacun avait besoin d'argent. Comment ne pas comprendre? J'agissais pareillement. En fait, je haïssais mon père et j'aurais aimé le voir crever, mais un chien ne mord pas la main qui le nourrit.

J'ai regardé ma montre et un peu plus autour de moi; la pluie relâchait son intensité, c'était bon de croire que chaque chose avait une fin et que l'éternité n'existait que pour les vendeurs de parapluies. Seuls, ils restaient les maîtres dans la grande cité jusqu'à la fin de l'automne et ensuite l'hiver prenait la relève. Un frisson m'a parcouru. J'ai senti une lame froide glisser le long de mon dos et une envie de pisser m'envahir le bas-ventre. J'ai pensé un instant retourner dans une ruelle pour me soulager la vessie, mais le besoin de chaleur a été le plus fort; il me fallait manger. Avec le jour je renaissais, mon escapade nocturne se terminait. Je l'avais cherchée, je savais pourtant où elle était; je le savais depuis un an. J'ai continué à avancer, à chasser ma fatigue pour réintégrer méthodiquement mon corps. La nuit venait de disparaître, laissant derrière elle quelques odeurs familières éparpillées par un petit vent, je pouvais me permettre de rentrer dans un restaurant. J'étais mouillé jusqu'aux os.

Quand j'ai poussé la porte d'un petit établissement, un rayon de soleil s'est écrasé dans mon dos. Je me suis retourné sous la caresse et j'ai vu des nuages défiler dans un ciel en pleine métamorphose. Tout à coup plus heureux, j'ai cligné des yeux en me disant qu'il existait sûrement une forme de justice ici-bas. Un instant j'ai failli faire demi-tour pour marcher vers la lumière, mais mon estomac m'a rappelé à l'ordre et j'ai fait un pas en avant, un tout petit pas.

J'ai descendu une bonne douzaine de marches et découvert une salle immense, assez sombre, où une quinzaine de personnes le nez penché sur des tasses attendaient patiemment l'effet de la caféine. Je me suis retrouvé assis sous une fenêtre plus longue que haute, en contrebas de la rue. À travers je pouvais voir des jambes aller et venir, juste des jambes. J'ai retiré mon imperméable et après avoir jeté un vague coup d'œil au menu, je me suis relevé pour aller aux toilettes. Au bout de la salle un comptoir usé protégeait un percolateur italien et une série de bouteilles d'alcool. À droite du tiroir-caisse se trouvait une porte battante qui devait donner dans la cuisine, et juste à côté, les toilettes pour hommes. Avant d'y pénétrer j'avais remarqué que l'originalité des lieux était due à un ancien torréfacteur et à quelques sacs de jute remplis de café. En ressortant, je découvris, sur ma gauche, un épais rideau de velours rouge qui cachait une sorte d'alcôve moyenâgeuse et, seulement ensuite, je pus admirer une série de peintures morbides accrochées aux murs. Des visages souffrants semblaient s'en échapper pour surveiller les consommateurs de leurs yeux immobiles, fixés pour l'éternité. Son sourire n'y était pas et c'était peut-être mieux ainsi.

De retour à ma place, j'ai lu la carte avec plus d'application. Œufs et pain grillé; j'ai été tenté, j'ai levé la main et un type s'est approché. Il n'était pas vraiment beau, je me suis demandé s'il était serveur à cause de sa crasse ou patron à cause de son âge. La cinquantaine, les cheveux entortillés derrière la tête en forme de petite queue de cheval, un ventre énorme et des rides creusées; ma gueule dans quelques années, j'ai pensé.

— Vous désirez?

Il était peut-être aussi le peintre des visions cadavériques qui nous entouraient, de ces yeux gelés dans des agonies perpétuelles.

— Deux œufs, pain grillé et confiture, s'il vous plaît!

— Café?

— Oui, café.

— Quelle sorte?

Il est vrai que j'étais dans le temple du café frais moulu. Tous les arômes du Sud devaient traîner dans les sacs et le torréfacteur était peut-être encore en état. J'ai commandé un colombien noir pour ne pas le décevoir; à son accent j'avais deviné qu'il venait d'ailleurs. Il a hoché la tête en me regardant d'une drôle de façon et j'ai senti qu'entre lui et moi un truc ne pouvait pas coller. Je me suis demandé si c'était à cause du colombien, mais je me suis tout à coup souvenu de ma nuit, de mon allure bizarre et de mon visage défait. J'ai essayé de le rassurer.

— J'ai de quoi payer!

— Oui... Excusez-moi!

Puis tranquillement il s'est retourné, les autres n'avaient pas bougé, la matinée commençait difficilement pour quelques élus, tous n'étaient pas vivants au petit jour.

J'ai tourné la tête vers le torréfacteur, des tuyaux en sortaient pour s'enfoncer dans le mur de la cuisine; ça donnait une petite atmosphère d'usine désaffectée, mais ça sentait bon. Les sacs de toile regorgeaient de grains très clairs variant du crème au vert olive.

Quand le type est réapparu avec un plateau chargé de pain, de confiture et d'œufs fumant dans une assiette, je me suis senti aux portes du paradis, j'avais l'impression de redécouvrir des merveilles oubliées, même les tableaux sur les murs n'auraient pu me couper l'appétit. Je l'ai laissé déposer tout ce petit bonheur devant moi et j'ai attendu qu'il reparte pour tremper mes lèvres dans la tasse. J'étais bien au paradis et non à ses portes, ça faisait du bien. Je recommençais à croire en quelque chose, et malgré la sale gueule de l'ange je n'ai pas hésité à lui donner un bon point pour son colombien, il le méritait.

Un peu plus tard, j'ai recommandé un café et lui ai demandé s'il vendait des cigarettes.

— Non!

Il ne devait pas aimer les clients, la réponse avait été froide et directe; j'ai attendu qu'il fasse demi-tour pour lui envoyer une décharge foudroyante dans le dos, mais il n'est pas tombé et comme un immortel il a continué vers son destin.

J'ai levé la tête vers la fenêtre, peu de jambes y passaient; la machine économique était bien rodée et toutes les fourmis devaient déjà travailler. Bien sûr certains s'excitaient sûrement pour rattraper un retard quotidien; et comme pour confirmer ma réflexion, un homme s'est dirigé d'un pas rapide vers la caisse. J'ai tout de suite imaginé que mon immortel allait se précipiter pour empocher l'argent, mais pendant deux petites minutes rien n'a bougé, puis une jeune femme est sortie de la cuisine et à cet instant j'ai cru mourir: C'ÉTAIT ELLE! Mon cœur a failli exploser. Je me suis cramponné à la table, l'assiette a volé dans les airs suivie par la tasse et les couverts. Avant que leur bruit de quincaillerie ne s'éteigne sur la porcelaine fracassée, tous les visages s'étaient retournés vers moi pour m'envoyer au tréfonds de la honte. Rouge et le cœur battant j'ai baissé la tête vers les débris de vaisselle éparpillés, j'avais fait du joli travail, un vrai casse-tête chinois pour exilé masochiste; puis mon champ visuel fut voilé par un ventre énorme enveloppé d'une chemise brune. Le serveur me regardait du haut de sa violence.

— Y'a un problème?

— Non, non, j'ai balbutié, je vais payer la tasse, ne vous inquiétez pas.

Mais son regard enfoncé dans mon âme attendait autre chose. Il semblait y chercher un point sensible, une faille quelconque. Il a continué à maugréer.

— Qu'est-ce qui vous arrive? On peut savoir?

— Excusez! J'ai renversé ma tasse et… en essayant de la rattraper j'ai foutu le reste en l'air. C'est des choses qui peuvent arriver, non?

— Ouais, sûrement.

J'avais presque réussi à le persuader. J'ai entendu le tiroir-caisse se refermer dans un gong de fin de round et le gros a tourné les talons. Elle n'était plus là. Je me suis tordu le cou dans tous les sens pour l'apercevoir, mais sans succès, elle avait disparu. Quand le serveur est revenu avec un balai, j'ai arrêté mes contorsions. Il grognait en rassemblant les restes, son regard était plus dur encore, plus profond, il se noyait en moi comme pour retrouver des souvenirs abandonnés. Il me faisait presque peur.

Plus tard, d'autres clients se sont dirigés vers la caisse, c'est lui qui les a fait payer; elle, elle n'était plus là.

J'ai attendu un petit moment et je me suis levé à mon

tour. J'ai marché jusqu'au comptoir et j'ai attendu. Le type est sorti de sa cuisine.

— Je voudrais payer.

— Pas de problème.

— La dame n'est plus là?

— Quelle dame?

— Ben... Celle de tout à l'heure.

Il a haussé les épaules en prenant mon billet et comme pour lui-même, il a ajouté: «Je le savais.»

Son regard était dur, puis en me rendant la monnaie ses yeux ont glissé vers les peintures comme pour m'indiquer la sortie. Je me suis dirigé vers la porte et juste avant de monter les marches, je me suis retourné et j'ai vu ses lèvres bouger encore une fois: il devait m'insulter.

Dehors le soleil brillait, j'ai fait quelques pas puis je me suis arrêté pour remplir mes poumons d'un air nouveau. J'ai respiré fort jusqu'à me faire une douleur dans le bas des côtes. Je l'avais vue! J'étais sûr de cela! Je l'avais vue comme on voit une étincelle dans la nuit. Mes rêves devenaient réalité, mes rêves ou ma folie...

J'ai fait demi-tour pour lire le nom du restaurant; le serveur était sur le pas de la porte. Il me regardait comme si lui aussi avait reconnu un fantôme. Il en avait le droit et je m'en foutais de toute façon. J'ai rapidement déchiffré l'enseigne délavée par les pluies: ELDORADO; c'était beau comme nom, ça lui ressemblait un peu.

2

Après ma nuit d'enfer et mon déjeuner irréel, je m'étais écroulé dans un sommeil profond, quasi comateux qui à mon réveil me fit douter de cette rencontre impossible. La perfection onirique n'existant pas, je penchai plus pour le délire d'ailleurs assez fréquent chez moi. J'analysais mes parcelles d'idées en sachant très bien que cette apparition ne pouvait alimenter aucun espoir, la vérité dormant au fond de moi, abrutie par le chagrin. Je savais. Elle n'était plus là et l'autre, la femme du restaurant, ne pouvait être celle de mes nuits! Tout cela n'était qu'imagination, ressemblance parfaite et fatale, rien d'autre.

Coincé entre deux mondes, j'avais traîné un temps dans l'appartement, mis le chauffage au maximum, de la musique stimulante et fait un brin de ménage. Mes vêtements et mes draps commençaient à sentir le sommeil difficile, tandis que mon frigidaire vomissait des effluves infectes. Il fallait faire quelque chose.

J'avais enfin réussi à mettre de l'ordre, à nettoyer

et laisser le même disque tourner pendant presque trois heures. J'étais resté nu pour faire cela, pas vraiment pour me sentir comme au premier jour de la création, mais surtout pour regarder ce corps étrange qui m'appartenait et s'articulait toujours plus difficilement.

J'avais ensuite cherché un réconfort auprès de trois canettes de bière trouvées derrière un semblant de salade. Je me les étais enfilées tranquillement sans penser ni réfléchir, et à la troisième j'avais même retrouvé un certain équilibre.

La nuit venue, j'avais disposé des chandelles dans mon salon, comme pour une veillée funèbre, mais j'étais le seul mort au milieu d'ombres indistinctes. Allongé sur le sol, le dos sur la moquette, les jambes légèrement écartées et le sexe pendant, j'avais essayé de me masturber devant le vacillement des flammes, j'avais essayé de voir son corps danser sur les murs, la pointe dure et tendue de ses seins, la courbe de ses reins, mais aucune érection n'était venue. Bander était chose du passé et les ombres étaient restées sans forme.

De nouveau j'avais dormi, quelques heures ou quelques minutes, d'un sommeil profond, engourdissant et peut-être régénérateur. Sitôt les yeux ouverts ma main avait agrippé le 7.65. Il était beau, noir et lisse, sa détente était souple et sèche; il me rassurait comme quand j'étais adolescent. Je l'aimais non pas parce que c'était une arme, mais parce qu'il avait appartenu à mon grand-père et que j'avais joué avec lui des heures entières, il y a longtemps, peut-être trop longtemps; ces souvenirs restaient gravés dans ma tête comme d'heureux instants.

Son visage aussi était revenu hanter mon réveil, son visage et tout le reste, la nuit, le restaurant et l'apparition irréelle; tout s'était bousculé dans mon cerveau engourdi et fatigué. Tout s'était bousculé au point que j'avais posé le canon de l'arme sur ma tempe et que j'avais tiré. J'avais recommencé plusieurs fois, dans la bouche, sur le front et sur le cœur. Chaque fois j'avais fermé les yeux mais ma tête n'avait ni explosé ni roulé sur le côté, le sang n'avait pas giclé et tout était resté propre autour de moi.

Pour ne pas retourner à l'Eldorado, je m'étais occupé un peu des voisins, j'avais essayé de me tenir au courant des actualités et même rempli mes placards de provisions. Le frigo plein, une pizza dans le four, je m'étais débouché un Côte du Rhône en espérant me porter un toast, mais la mémoire étant tenace, la pizza avait fini carbonisée.

Dormir, ranger et manger pour oublier; dormir ranger pour ne plus penser, ne plus chercher et surtout ne plus la voir dans les miroirs ni sur les murs et encore moins derrière les comptoirs. Peu à peu la semaine avait glissé dans l'hiver. La pluie s'était accrochée au paysage mais ne me gênait pas, je m'étais habitué à cette ville, habitué depuis trente-cinq ans. Je connaissais ses saisons et ses hivers impérissables, même l'été semblait quelquefois croupir en hiver, même l'été sentait parfois l'automne.

3

Un matin, j'ai reçu une lettre de ma banque; c'était un mot pas trop gentil pour me dire que là aussi, j'avais touché le fond. J'ai souri en la lisant, la menace n'était pas vraiment réelle, le monsieur en cravate qui l'avait écrite connaissait mon père et savait que je n'étais pas le genre de client à avoir ou à causer de graves ennuis, je faisais partie de ces innocents aux mains pleines, j'appartenais au beau monde. Il me signalait un petit découvert, une broutille, une toute petite entorse qu'un homme comme moi devait régler au plus vite pour sauver sa réputation. Il ne soupçonnait ni mon histoire ni les difficultés de mes relations familiales. Un instant, j'ai pensé qu'il pouvait attendre, mais ce papier à en-tête était peut-être le signal d'un grand changement. Oui! Il avait raison, je devais régler cela au plus vite! J'ai décroché mon téléphone pour composer le numéro de l'industrie familiale. Comme je m'y attendais une voix agréable a répondu, une voix si sensuelle que déjà le client devait accepter d'acheter.

— Ici Kavinsky et Fils. Puis-je vous aider?

— Oui. Pourrais-je parler à Paul Kavinsky?

— De la part de qui, s'il vous plaît?

Déjà le timbre de la voix s'était métamorphosé, moins aimable et plus suspect, j'étais sûr que monsieur Paul était en réunion.

— C'est personnel.

— Oh, je suis désolée! Monsieur Paul est en réunion, pourrais-je prendre le message, monsieur...?

— Écoutez! Vous allez me passer Kavinsky père et vite! Ici, c'est Kavinsky fils!

De temps en temps, j'aimais ça défoncer des portes à coup de pied et me faire passer pour quelqu'un de puissant, ça remontait mon ego et c'était rassurant, surtout en ce moment.

Ça n'a pas traîné, on s'est retrouvés dans un immense restaurant luxueux du centre-ville, avec des serveurs maniérés et de la dorure étalée sur les murs.

En entrant, je l'ai repéré tout de suite au fond de la salle. Ses lunettes écrasées sur le nez, il semblait lire un truc passionnant. J'ai marché vers lui mais un esclave de service m'a arrêté.

— Monsieur veut peut-être une table?

— Non! Monsieur est attendu!

— Et... Peut-on savoir par qui?

Pas de standing, pas de place! Le barrage était poli mais solide, pourtant le pire était à venir. Je lui ai montré mon père, tout en lui disant:

— Voyez-vous cet homme, là-bas?

— Oui.

— Eh bien, ce monsieur m'attend!

Le barrage s'est effacé sous mon ton sarcastique. J'ai donc continué à traîner mes chaussures sur le tapis rouge et, arrivé à la table, je me suis assis sans bruit, sans vraiment dire bonjour non plus. Il a levé la tête et ouvert grand les bras en s'exclamant:

— Tu voulais me voir, me parler et bien me voici! Que veux-tu?

— Tout de suite? Comme ça? Laisse-moi un peu le temps de m'habituer au décor et de m'imprégner de cette ambiance bourgeoise!

— Arrête, veux-tu! Pour moi, ce n'est qu'un repas d'affaires!

On a continué à s'échanger quelques mots gentils jusqu'à ce qu'une chemise blanche se penche vers nous avec un menu. Autoritaire, mon père lui a ordonné le numéro neuf pour deux et une bouteille d'eau gazeuse.

— Et comme boisson, pour monsieur?

J'ai demandé une bière. J'ai précisé une allemande

en regardant mon père droit dans les yeux. Je venais d'annoncer la couleur, je l'assassinais un peu et ça m'empêchait aussi de reculer.

Quand j'ai allumé une cigarette, il a sorti son carnet de chèques, lui aussi avait ses atouts, lui aussi cherchait l'intimidation, mais pour une fois je me sentais le plus fort, je le tenais autrement que par le cadavre de ma mère.

— Alors, combien veux-tu cette fois?

Je n'ai pas répondu, je l'ai laissé continuer sur sa lancée; d'habitude, après cette question, il me balançait des chiffres par la tête puis il me faisait le coup de la morale.

— Mille, deux mille, plus que ça? Vas-tu enfin te décider à être sérieux, à faire quelque chose et oublier un peu tes malheurs?

Il pouvait continuer, je tenais bon et justement je venais d'en sortir d'une de ces passes de malheur.

— Alors, combien? a-t-il insisté.

À ce moment précis le serveur s'est approché de la table avec les boissons et des petits machins salés pour l'apéritif.

Mon esprit était en alerte, j'ai attendu un peu.

— Tu sais, si tu voulais faire un petit effort on pourrait peut-être parler d'un poste pour toi dans la vente?

Et puis quoi encore! ai-je pensé, en faisant lentement couler ma bière dans le verre. Elle était rougeoyante et arrogante, l'étiquette bien tournée vers mon père; déjà il s'assombrissait un peu, c'était bon signe: je venais de gagner quelques points.

— En fait, je ne suis pas là pour un chèque mais pour boire cette bière avec toi.

J'avais trouvé la faille, il ne me restait qu'à l'élargir.

— Et pour tout dire j'aimerais ne plus porter le nom de Kavinsky. J'aimerais ne plus entendre parler de la famille, de l'holocauste et de toutes ces merdes que je n'ai pas connues, ni toi d'ailleurs! Tu vois cette bière, tu devrais y goûter pour te rendre compte de toute la connerie que tu trimbales!

— Es-tu fou? C'est pas une façon de parler!

— Peut-être pas, mais c'est ma solution pour Kavinsky et Fils! Tu ne veux jamais écouter, tu préfères sermonner.

— Je ne suis pas ici pour entendre tes idioties, que veux-tu exactement?

— Je viens de te le dire! Fini Kavinsky! Fini le rôle de victime, fini l'étoile jaune du grand-père et fini aussi l'insurrection du ghetto de Varsovie! J'ai payé partout pour ça et si tu te complais dans le supplice, pas moi! Je veux que tu m'oublies, c'est tout...

Je parlais bas, le lieu n'était pas propice pour laver

son linge sale, puis ça faisait aussi plus cultivé, moins cruel et plus propre.

J'ai commandé deux autres bières. Il était blanc. Ses mains tremblaient légèrement comme celles d'un vieillard. Je me demandais jusqu'où je pouvais aller, je savais qu'il y avait des limites, je savais aussi que jamais je ne les avais atteintes.

— Que racontes-tu? Que sont ces histoires d'étoile et de supplice, il y a longtemps de cela, c'est oublié.

— Peut-être.

Le chien docile m'a apporté les deux bières, j'en ai tendu une à mon père.

— Bois.

— Jamais!

— Tiens-tu encore aux vieilles histoires?

— Je n'aime pas la bière, c'est tout.

C'était vrai, je ne l'avais jamais vu boire, je ne l'avais jamais vu saoul ou légèrement grisé, mais pour moi, pour nous, il aurait pu y tremper les lèvres, juste cela!

— Je vais disparaître de la circulation, ne compte pas sur moi pour me farcir tes machins congelés.

— Tu dis ça, mais tu reviendras! Avec le temps j'ai appris à connaître les hommes, je suis plus vieux que toi et si tu es en colère, c'est surtout parce que tu l'as perdue et qu'il...

— Ne me parle pas d'elle! Jamais! Ne prononce même pas son nom! Tu n'as jamais voulu la voir, jamais! Tu l'as toujours rejetée au nom de tous tes principes, mais n'oublie pas que toi aussi tu es né ici, toi aussi tu as grandi dans ce monde. Tu n'a jamais souffert, tout te vient du grand-père, tout était à lui et maintenant tu trônes comme un empereur bidon.

— Oui, Frank, tout vient de lui et c'est uniquement par respect que j'ai gardé nos traditions, même si nous sommes loin de tout, comme tu l'affirmes.

J'ai planté ma fourchette dans le saumon fumé et j'ai salivé malgré toute la merde que l'on remuait. Lui n'avait pas l'air de s'en faire, il mâchait et avalait comme il l'avait toujours fait, avec dignité et respect.

Pendant un court instant le silence a construit un mur autour de nous et je n'ai perçu que la bière qui pétillait dans le verre. J'ai bu une gorgée pour revenir vers une dimension moins critique. Il l'aurait peut-être acceptée si elle n'avait pas été d'origine allemande...

En le regardant, je me suis demandé comment ma mère avait pu l'aimer, comment ma mère avait pu coucher avec lui, elle si différente, elle qui avait tout accepté sauf la religion, elle qui avait gardé ses distances vis-à-vis de la famille, elle qui finalement m'avait enfanté.

— Et puis je ne veux pas te ressembler!

J'avais lâché ça sans raison, sans aucune raison, seul

le visage huileux du type de l'Eldorado avait cliqué dans ma tête.

— Mais tu es mon fils, Frank!

— Peux-tu le prouver?

Je ne cherchais plus à gagner la partie, je n'avais rien à gagner. Déjà je me débattais comme un animal pris au piège, je me sentais vidé de toute force. Il ne pouvait rien prouver, bien sûr, mais était-ce important?

— Ta mère m'aimait.

J'ai eu du mal à avaler, j'ai terminé ma bière et repoussé mon assiette. Je l'ai regardé. Non! Je ne voulais pas lui ressembler, finir comme lui, jamais!

Il m'a souri; assis sur sa chaise il semblait être le maître et moi sa chose. C'était peut-être pour cela que ma mère l'avait aimé, elle avait dû le voir au-dessus des autres, juste un peu plus haut.

Je n'avais plus vraiment faim ni envie d'être là; de toute façon, j'étais déjà loin et lui avait accepté ma disparition.

— Tu sais, la vie n'est pas toujours facile, j'ai fait des erreurs, oui, je le reconnais; il est trop tard maintenant pour tout effacer.

Il essayait de récupérer quelques morceaux et peut-être de me retenir un peu.

— Il ne faut pas non plus renier ses origines.

J'ai allumé une cigarette pour en finir avec mes origines et je me suis calé dans ma chaise. J'ai essayé un dernier coup, un vrai coup de poker.

— J'aimerais que tu me lègues mes parts.

— Mais ça ne se fait pas comme ça!

Il n'avait pas dit non. Il n'avait pas hurlé ni posé sa main sur son cœur, il n'était pas non plus tombé à la renverse.

— J'aimerais que tu me donnes mes parts et que l'on règle tout chez un notaire.

— Mais pourquoi, Frank? Pourquoi?

— Pour ne plus se voir, pour que je recommence ma vie et que je quitte la tienne. C'est honnête, non?

— Peut-être, il faudrait que j'y réfléchisse.

La fin du repas a été tendue, mais c'était aussi notre dernier repas pris ensemble. Quand l'addition est arrivée, l'abcès était totalement percé, le pus s'en échappait lentement et la douleur devenait libératrice. J'ai demandé mon imperméable et avant de me lever, j'ai regardé mon père.

— C'est comme ça, on n'y peut rien, faut pas m'en vouloir.

— Je ne t'en veux pas, Frank. Essaie d'en faire autant, pardonne-moi, mais une vie reste une vie et on ne peut pas la refaire à volonté.

— Ouais peut-être, je vais tout de même essayer.

Je me suis efforcé de cesser de compter les miettes de pain éparpillées sur le sol, je n'étais pas vraiment fier de tout ça, je l'ai regardé une dernière fois, je ne le haïssais plus vraiment, une sorte de pitié naissait en moi.

— Shalom fils! Je te téléphonerai!

— Au revoir.

J'ai enfilé mon imperméable. Les mots avaient été jetés, les plaies réouvertes et les blessures profondes.

Je me suis dirigé vers la sortie comme un condamné vers une guillotine, mes jambes n'étaient pas vraiment fortes et la porte difficile à pousser.

J'ai passé le reste de la journée dans un parc. Le soleil brillait timidement, je n'ai pas essayé de l'effrayer et il a tenu bon jusqu'au soir.

4

Quelques jours plus tard, j'ai reçu une autre lettre de la banque. En termes aimables elle m'avertissait que mon découvert avait été comblé et qu'une somme considérable se trouvait maintenant sur mon compte. Dehors il ne pleuvait pas. Je l'ai relue une deuxième fois et j'ai senti qu'un avenir nouveau allait s'offrir à moi. Il me fallait seulement choisir entre un semblant de destin ou l'éternelle rengaine des souvenirs. Je me suis assis et j'ai relu la lettre une troisième fois. De fils riche, je passais à homme respectable. Mon banquier confirmait d'ailleurs mes impressions en me suppliant de venir le voir au plus vite pour régler quelques détails et envisager un moyen de faire fructifier mes biens.

Sous la douche j'ai malheureusement compris que le monde ne changerait pas pour autant, qu'il y aurait toujours deux côtés à une médaille. J'avais du fric mais elle n'était plus là, j'avais du fric mais mon âme restait la même.

Après avoir quitté le jet bouillant je me suis rasé sans voir de spectre ni me couper, puis je me suis talqué de la tête aux pieds. Devant l'armoire, j'ai remarqué mes empreintes dessinées sur le sol par la poudre blanche; c'était la première fois que je revivais mon passé sans émotion. J'ai choisi une chemise noire à pois blancs, hésité entre deux cravates, mais comme j'avais toujours la gorge serrée, j'ai laissé tomber. Il y avait un temps pour tout.

* * *

— Vous savez, c'est beaucoup d'argent! Que comptez-vous en faire?

— Rien! Rien pour le moment.

Gros avec des boudins à la place des doigts et un double menton de gélatine tremblant à chaque mouvement de tête, il faisait sale, il ressemblait à un tas de viande graisseuse. La confiance ne devait pas être le lot de tous ses clients. J'ai continué:

— J'en aurai peut-être besoin à un moment, je vais y penser; mais pour l'instant non, je ne vois pas.

J'étais à la tête d'une petite fortune personnelle, et si ça ne détruisait pas toutes mes idées noires, ça me faisait tout de même un petit quelque chose de positif au fond de moi. J'avais l'impression de palper une infime parcelle de pouvoir et en face de moi, le type devait comprendre cela, juste cela. Il ne pouvait pas savoir que j'avais une revanche à prendre. Il ne pouvait pas deviner mon envie de destruction.

— Vous savez, nous avons plusieurs produits intéressants; je ne parle ni d'actions, ni d'obligations, bien entendu, mais de placements simples qui pourraient...

— Écoutez! Laissez-moi réfléchir, j'ai du temps devant moi, des petites choses à régler et aucune envie maintenant de jouer avec ce fric.

Il a haussé les épaules en me regardant avec pitié; j'attendais qu'il me joue un peu la fibre paternelle, la famille, mais non, il a été bien plus fort que ça et sans hésiter, il m'a enfoncé un pieu dans le cœur.

— Je connais vos problèmes, votre père m'en a parlé, vous devriez peut-être consulter un psychologue. Vous avez subi un choc et...

Avant qu'il ne finisse sa phrase je lui avais sauté dessus et l'avais ramené à moi de toutes mes forces, par la cravate. Je me sentais de taille à lui fracasser la tête sur le bureau, à baptiser les murs de sa cervelle et à lui faire avaler toutes les paperasses signées et contresignées qu'il me faisait lire depuis un bon moment.

— Oubliez ça! j'ai gueulé, sans relâcher ma prise. Oubliez ça et peut-être qu'alors je vous achèterai toutes les merdes que vous me proposez!

Il dégoulinait de graisse, le porc soufflait fort, un

instant j'ai pensé resserrer mon garrot pour le voir étouffer et crever là. La mort enfin pouvait frapper! La mort! Avais-je décidé cela? Ressemblait-il à un innocent? N'étais-je pas sous l'emprise de la colère? Il pouvait remercier le ciel d'être une ordure. Je l'ai écouté crachouiller deux ou trois trucs incompréhensibles puis je l'ai renvoyé dans son fauteuil de cuir.

— Je... je... vous êtes fou!

— Oui, sûrement! Et vous, une ordure, vous avez de la chance!

Lentement son visage a repris une couleur normale. Il a passé un mouchoir blanc sur sa sueur et il m'a demandé de signer une autre merde.

— C'est pour le notaire. Excusez-moi, je ne voulais pas vous blesser en vous parlant de...

— Je vous en prie, bordel! Ne recommencez pas! Imaginez un instant que je n'aie pas relâché votre col. Imaginez ce coupe-papier enfoncé dans votre gorge! Vous vous imaginez, non?

Moi, je m'étais imaginé l'instrument nager dans son crâne ouvert. Il avait eu de la chance, une drôle de chance.

— Bon! J'ai tout signé?

— Oui, monsieur Kavinsky.

— Très bien, si je déménage je vous ferai parvenir ma nouvelle adresse et si j'ai besoin de vous je sais où vous trouver. Bonne journée, monsieur Wells. En disant cela je m'étais levé et dirigé vers la porte. J-J Wells, drôle de nom! Je me suis demandé ce que voulaient dire les initiales, mais sans réponse je me suis retrouvé dehors.

J'ai traîné un peu dans les boutiques, essayé deux, trois imperméables sans vouloir changer le mien; je ne pouvais pas ainsi faire un saut dans le futur et abandonner les choses qu'elle avait aimées ou portées. J'ai flâné dans une rue piétonne, regardé les jambes des filles sans trouver de plaisir et lu le journal sans y croire. Après l'avoir balancé dans une poubelle, je me suis dirigé vers le port. J'aimais voir les cargos se faire vider les entrailles, j'aimais entendre les marins gueuler des mots inconnus aux accents étrangers et, surtout, j'aimais imaginer l'arrivée de mon grand-père dans cette ville. Il avait dû voir cette montagne en plein centre de la grande cité, voir cet oubli de la nature et espérer enfin un peu de paix. Pour moi, il n'y avait plus que des parcs anorexiques, des coins de rues étroits et toujours encombrés de passants.

J'ai allumé une cigarette; de nouveau j'avais l'impression de devenir somnambule, je n'entendais que des bourdonnements indistincts et lointains et plus je marchais vers les quais, plus j'avais la sensation de m'en éloigner.

J'ai débouché dans une rue que je connaissais, je me suis arrêté sur le pas d'une porte que j'avais déjà franchie. Ma marche avait été irréelle, comme celle d'une de mes nuits, mais je savais qu'un but inconscient avait été atteint. Je me trouvais à la porte de l'Eldorado, peut-être au bout du malheur. Sans le vouloir j'avais découvert le pays mythique. J'ai descendu les quelques marches pour trouver la salle vide. Comme la première fois, j'avais l'étrange sentiment d'être pris en sandwich entre deux fictions, d'être un peu sous terre pour mieux voir le ciel.

* * *

Elle était là. Derrière le bar. Elle était là, mais ce n'était pas elle, ce ne pouvait pas être elle! Je me suis approché. Sa peau était blanche, sa robe s'ouvrait sur sa poitrine jeune et timide. Elle manipulait des cartons de couleurs; attentive, elle ne m'avait pas entendu. Essayant de ne pas la déranger je me suis perché sur un tabouret. J'étais à quelques centimètres. Elle a levé la tête.

— Oui?

— Je vais prendre un café, s'il vous plaît.

Mon cœur avait recommencé à cogner, mes mains tremblaient comme insoumises et ma gorge était devenue sèche. J'ai tenté de me dominer, de rejeter le paquet d'images qui affluaient et se battaient dans ma tête. Elle était de dos, elle préparait ma tasse, et je m'attendais à en boire une. Je me suis retourné vers les tableaux; les yeux fixes que j'avais remarqués la première fois avaient disparu derrière des corps énormes, les couleurs renvoyaient une luminosité qui accentuaient la disproportion des personnages. J'ai détourné le regard pour le plonger droit dans le sien. Il était noir. J'ai commencé à rougir.

— J'espère que mon père n'a pas été trop dur avec vous l'autre matin.

Le café fumait sur le comptoir, il embaumait ses paroles.

— Comment?

— Oui, l'autre jour! C'est bien vous qui avez tout cassé?

— Oui! Oui, un coup de fatigue, une petite erreur, un accroc dans ma vie.

J'ai senti que j'en disais trop. Elle a souri. J'ai essayé de me rattraper, d'alimenter un semblant de conversation, mais les mots sont sortis de ma bouche comme crachés, presque du venin.

— C'était votre père?

— Oui.

— Il paraît dangereux.

— Mais il ne l'est pas! Cela lui arrive quelquefois, on dirait alors qu'il en veut à la terre entière, mais ça passe avant de casser. C'est un impulsif.

Même sa voix me la rappelait, j'avais l'impression de remonter le temps et de la rencontrer pour la première fois.

— C'est quoi? ai-je demandé en montrant les cartes qui attendaient sur le comptoir.

— Des tarots.

— Des quoi?

— Des tarots, des cartes à jouer si vous préférez. Je peux y lire l'avenir, les ambitions et même quelquefois le passé des gens. Quelquefois seulement, mais de toute façon le passé n'intéresse personne. On dirait que tout le monde veut aller plus loin, toujours plus loin, c'est dommage, enfin... Il y en a qui veulent juste connaître l'avenir proche, c'est mieux, du moins je le crois.

J'ai ri, pas trop fort, pour ne pas l'effrayer ou m'effrayer, et je l'ai questionnée.

— Alors, vous lisez l'avenir des gens?

— Oui.

— Ici?

— Ici et ailleurs, surtout ici, j'aime ça, ça me divertit.

— Et vous y croyez sincèrement?

— Je pense. De toute manière les gens y croient. Certains reviennent même parfois pour m'affirmer qu'ils ont vécu exactement ce que je leur avais prédit. Vous ne me croyez pas?

— Non, ai-je répondu avec un sourire, non, et je ne crois pas à l'avenir.

— Vous avez tort!

— Peut-être.

Elle avait raison, mon avenir était en train de changer. Devant ses yeux, j'avais le sentiment de vivre mon passé, je ne savais plus vraiment où se trouvait la frontière temporelle, je me demandais même si je n'étais pas au bout d'une de ces nuits à parler avec un mur ou un miroir.

— Je peux essayer?

— Pourquoi pas?

Elle est venue s'asseoir à côté de moi, mon cœur a cogné plus fort encore, j'avais l'impression d'être avec son double, j'étais à deux doigts de la toucher, de la prendre dans mes bras, de l'embrasser. J'ai essayé de détruire le rêve, je lui ai demandé son nom.

— Soledad

— Soledad?

— Oui, et vous?

Soledad... Elle avait peut-être vingt ans, vingt et un pour être plus précis. Elle m'a coupé dans mes pensées.

— Et vous? Quel est votre prénom?

— Frank.

Je n'ai pas rajouté Kavinsky.

— Tenez, Frank.

Elle m'a tendu les cartes en me disant de les battre, puis il a fallu que je les dispose en cercle devant moi et que je place la dernière au milieu. Leurs faces colorées étaient retournées sur le comptoir.

— Chaque carte représente une couleur, chaque couleur est une parcelle de vie, une visualisation du monde extérieur qui nous pénètre. Ce monde est représenté par une roue, une roue qui tourne inlassablement et qui entraîne les êtres vers des horizons inconnus. Essayez d'imaginer cette roue, fermez les yeux s'il le faut et touchez la carte centrale. Elle détient le futur et la vérité.

Je me suis exécuté. Je n'y croyais pas, mais comme de toute façon je ne croyais plus à grand chose… En fait, les yeux mi-clos, j'attendais peut-être une révélation de l'avenir, j'étais peut-être aussi redevenu une petite fourmi, un de ces êtres fascinés par le pouvoir et l'envie, obnubilés par l'espérance d'un avenir radieux.

Je faisais l'impossible pour voir tourner cette fameuse roue, je me sentais différent, je commençais à oublier Soledad, à l'oublier, elle... Je pressais mon index avec force sur la carte centrale, je me concentrais au maximum. J'ai réouvert les yeux un instant, elle m'a dit de continuer. La roue tournait. Je ne distinguais qu'un cercle aux couleurs vives. J'étais à l'intérieur. La sueur me perlait autour des yeux, puis soudain je n'ai plus rien vu, ou peut-être juste un point blanc dans l'infini. Un point qui grossissait ou rapetissait dans un mouvement oscillatoire. J'ai de nouveau ouvert les yeux. Elle était toujours là.

— Choisis maintenant une carte et retourne la.

Elle me tutoyait, je me rapprochais donc petit à petit.

J'ai retourné le noir. Ma couleur préférée, celle qui me collait si bien à la peau depuis un certain temps. J'ai attendu l'explication.

— L'absolu, Frank! L'entier! Il est impossible d'aller au-delà des autres dans le domaine de l'inconnu. Tu n'es pas unique. D'autres ont souffert, vécu tes tourments, mais la fatalité, Frank, la fatalité. C'est un étrange point de départ, on dirait que ta vie n'est pas commencée, que jamais tu n'as été toi-même. Étrange… Tire une autre carte.

J'allais choisir celle du centre mais elle m'a arrêté.

— Non! C'est la dernière!

J'en ai retourné une autre.

— Blanc.

— Oui, blanc. Tu désires changer, changer de paysage et d'amis. Tes projets semblent vagues mais tu vas faire une rencontre et essayer de ressembler à cette personne. Tu iras peut-être jusqu'à vouloir vivre près d'elle, ou être à sa place à l'occasion. Tu es envieux ou malheureux. Tu te cherches à travers les autres.

J'ai tiré une autre carte, je ne voyais pas à qui je voulais ressembler.

— Vert.

— Vert foncé! Vert foncé après blanc. Tu désires effacer des fautes. On dirait que tu portes un fardeau très lourd, un secret intolérable. Tire une autre carte!

J'ai retourné le jaune et j'ai regardé son visage. Il était fin, totalement concentré sur le jeu. Elle m'a raconté qu'il existait une forme de violence en moi, que j'étais toujours à la recherche d'une vérité et que certains de mes pas pouvaient m'entraîner vers le malheur. Elle parlait mais je n'écoutais plus vraiment, elle était comme une image muette jusqu'à ce qu'elle me regarde à son tour et que je sente alors une boule se coincer dans mon estomac. J'avais envie de me rapprocher et de la serrer fort dans mes bras.

— Bleu clair.

— L'amour. Es-tu amoureux? a-t-elle demandé.

— Oui.

— Alors elle doit être tout pour toi et toi, tout pour elle. Continue, s'il te plaît.

J'ai tiré la couleur marron, elle s'apprêtait à parler mais un client est entré. Obligée de m'abandonner pour aller le servir, j'ai eu l'impression qu'une éternité était passée quand elle est revenue. Elle m'a regardé d'un drôle d'air. Peut-être attendait-elle une autre couleur?

— Il y a encore de la violence autour de toi, et une rencontre. Un autre personnage. Ton père peut-être, non, attends! Oui c'est cela, quelqu'un de très proche mais aussi quelqu'un que tu ne sembles pas connaître. En fait, je me demande si ce n'est pas toi, ce personnage.

J'ai regardé le jeu et j'ai tiré le violet.

— Beaucoup d'obstacles pour franchir une montagne de vent. Il faut que tu changes de direction et que tu regardes devant toi. C'est comme un conseil, si tu préfères, ça veut dire aussi que tu cours après des chimères et que c'est totalement inutile.

Je commençais à être troublé. Il y avait du vrai dans ses paroles, il y avait mes nuits et mes recherches, il y avait son visage aussi. J'ai tiré une autre carte.

— Ta femme va te donner un enfant, mais la mort va t'approcher de près. Tu vas peut-être tomber malade et...

— C'est impossible! Je n'ai pas de femme.

— Mais tu m'as bien dit que tu étais amoureux?

— Oui, mais ce n'est pas pareil. Je suis amoureux, mais je n'ai pas de femme et aucun enfant ne viendra de ma liaison.

— Dans ce cas, cela pourrait être autre chose... Tire une autre carte!

— Vert clair.

— Je vois pourtant un enfant et une maison. Tout cela est assez flou, je ne comprends pas. Continue, s'il te plaît.

J'ai retourné une carte et bu une gorgée de café. Il commençait à être froid. J'avais encore tiré du bleu. Soledad m'a expliqué que la maison était mon foyer et l'enfant une présence. Je me voyais retourner chez mon père. Ça m'a fait un petit choc mais il n'y avait plus qu'une carte à découvrir. La dernière, celle qui m'avait fait voir le cercle de lumière, le petit point dans l'infini. Elle était rouge. Soledad a semblé surprise, c'était peut-être un mauvais présage, une mauvaise nouvelle.

— L'échange d'un passé pour l'avenir. L'immortalité est une impasse et la mort nous accueille tous en son sein. Le rouge est la couleur de l'action, d'un acte en appelant d'autres. Le désir donc. Maître tyrannique car jamais satisfait. Le rouge est la vie. Une vie qui semble autant éternelle qu'éphémère. Une vie qui semble exister depuis toujours et se répéter sans cesse. C'est très rare de découvrir cette couleur au centre du cercle. Par sa présence, elle influe les autres. Elle annule des malheurs mais ne rajoute aucune joie. Non! Ta vie sera la vie d'un être en quête constante. Ne cherche pas trop, Frank, ne cherche pas trop! Le rouge en dernier et le noir en premier. N'oublie pas que seul Dieu a un pouvoir sur les êtres vivants. Je suis fatiguée, Frank! Il y avait longtemps que je n'avais pas vu de belles couleurs. Excusez-moi de vous avoir tutoyé mais…

— Mais c'est très bien! Très bien comme ça, on pourrait peut-être continuer même?

— Si tu veux, oui, j'aimerais.

Elle avait les yeux humides. Je me suis demandé si c'était à cause de l'effort de concentration ou pour donner plus de valeur à ses propos. De toute façon, je m'en foutais complètement. J'avais aimé ça comme un conte, la ressemblance était si étrange.

Quand elle m'a pris la main, mon cœur a recommencé son petit vacarme, j'étais sur la voie de l'infarctus, l'échelle de Richter loin derrière.

— Tu sais, c'est la première fois que je tire quelque chose qui me touche autant. Tu as pratiquement la même disposition de couleurs que Luis. Ça me fait drôle, je me sens bizarre.

— Qui est Luis?

— Mon père.

Sa voix était fragile, presque cassante. J'ai repensé au type huileux et ne voyant pas ce que je pouvais avoir de commun avec lui, je me suis retourné vers les peintures.

— C'est lui qui fait ces trucs-là?

— Non! Ce sont des artistes en attente de gloire; après avoir fait toutes les galeries de la ville pour chercher à exposer, ils finissent ici et on accepte leurs toiles pour un certain temps.

C'était bon de la tenir près de moi, j'ai voulu l'attirer plus près, plus dans mon intimité, j'ai voulu lui faire plaisir.

— Je vais en acheter une!

— Oui? elle a fait, en passant la main sur ses joues.

— Oui, si tu choisis pour moi.

Elle s'est levée pour onduler vers le mur. De dos ou de face, c'était la même, rouge en dernier et noir en premier, je me retrouvais dans mon passé. Elle a tendu la main vers une horreur aux couleurs vives. Deux hommes devant un enfant se faisaient face comme dans un miroir, l'un d'eux semblait plus jeune, l'autre avait le visage couvert de taches de peinture rouge, tout le personnage en était d'ailleurs maculé. L'artiste semblait avoir écrasé son pinceau sur cette tête, rapidement, sans souci de perfection ni d'esthétisme. Un peu comme on écrase un insecte perdu. Ça dégoulinait jusqu'au bas de la toile comme du Ketchup. L'homme à la sauce tomate montrait l'enfant à l'autre personnage.

— Celle-là est magnifique, non?

Soledad me coupait en pleine révélation.

— Oui.

Elle l'a décrochée. J'ai essayé un instant de lui trouver une place dans mon appartement, l'œuvre choisie était immense mais je savais qu'il y aurait forcément un pan de mur libre chez moi. J'ai souri, j'ai souri pour mon avenir et pour cette journée et je me suis dit que devant cette toile je retrouverais peut-être une certaine sécurité en y recherchant le but de son créateur. J'en étais à philosopher quand la porte s'est ouverte. Machinalement je me suis retourné vers le nouveau venu et j'ai reconnu Luis, le père de Soledad. D'un regard tourmenté, il l'a interrogée:

— Que fais-tu?

— Frank veut acheter une toile.

— Frank?

— Moi.

Il s'est approché, il y avait une certaine lourdeur dans sa démarche, sa peau luisait à la lumière, tous pores ouverts. Un bout de cigare était planté entre ses dents jaunies.

— Drôle de choix!

Ses lèvres n'avaient pas vraiment remué.

— Oui, peut-être, mais c'est Soledad qui a choisi, puis c'est intéressant.

Je voulais l'attendrir, il a baissé la tête un instant et sans vraiment articuler il lui a demandé si c'était bien elle qui avait choisi. Je ne me sentais plus tout à fait à l'aise.

— C'est la plus belle.

— Oui, peut-être, mais...

Il a cherché ses mots, puis il a continué:

— Mais il n'y a pas d'espoir sous ces coups de pinceau, il n'y a que de la couleur, une couleur qui passera avec le temps.

Il avait l'air d'un connaisseur, en fait je venais peut-être de faire l'acquisition d'un futur Dali. Il a rajouté que l'œuvre s'appelait «Fin du commencement» et il est passé derrière le bar pour se servir un verre de rhum. Sur la bouteille, un voilier dansait dans un coucher de soleil perdu. J'entendais Soledad envelopper la peinture dans des journaux mais je ne la voyais pas, je regardais son père. Il avait l'air ailleurs, comme dans un rêve, il me fixait comme on fixe le vide puis il a baissé les yeux sur les cartes étalées. Il a vidé son verre d'un coup avant de rajouter tout bas.

— Rouge en dernier. C'est toi qui as tiré ça?

— Oui.

— Ça m'étonne pas, je le savais.

— Vous saviez quoi?

Le soleil couchant a fait une autre culbute et le verre s'est rempli de liquide ambré. Il l'a bu cul sec.

— Vous saviez quoi?

— Je savais... Oh! je ne sais pas grand-chose, non, pas grand-chose...

Il s'est resservi, puis pour lui-même, encore une fois, il a murmuré:

—«Fin du commencement».

Il semblait perdu dans les confins de l'alcool. Au bout du troisième verre, un autre monde devait se dessiner devant lui. Je me suis retourné vers Soledad.

— Combien ça va me coûter cette petite folie?

— Je ne sais pas. Il faudra en parler au peintre, c'est un vieil homme, il ne fait pas ça pour vivre, il n'en demandera pas beaucoup. Je lui dirai qu'un pauvre mécène aux poches trouées est passé par ici.

Elle était heureuse mais je commençais à manquer d'air, un malaise se répandait autour de nous. Le père semblait de pierre. J'avais peut-être abusé d'un instant de bonheur.

— Il faut que j'y aille.

— Maintenant?

— Oui.

— J'espère qu'on se reverra.

J'ai laissé un peu d'argent sur le comptoir et le paquet sous le bras, je me suis dirigé vers la porte. Sans me retourner, j'ai lâché un «À bientôt» et j'ai accéléré le pas. J'étouffais de plus en plus.

Dehors il faisait plus frais, des nuages avaient taché le ciel et le soleil commençait sa chute vers l'oubli.

Des gens se dépêchaient, la pluie qui s'annonçait y était pour quelque chose. Je les ai imités, j'ai marché de plus en plus vite. Je serrais la peinture contre moi, le rouge sur le cœur et Soledad dans la tête. Une goutte d'eau est venue s'imprimer sur le papier journal, des parapluies se sont dressés vers le ciel comme pour lui résister; d'autres gouttes se sont écrasées sur mon paquet. J'ai trouvé un abri sous un porche où j'ai attendu patiemment quelques minutes, puis ne voyant aucune amélioration possible, j'ai tendu le bras pour héler un taxi.

Je me suis engouffré à l'intérieur de la voiture, mon œuvre d'art était sauvée. J'ai donné l'adresse au gars et tranquillement il a démarré.

— Saleté de temps.

— Ouais.

Une petite croix pendait au rétroviseur, le Christ n'y était plus, mais le chauffeur avait collé à sa place une petite bande de carton où était écrit: «Jésus revient». On était tous à espérer quelque chose.

— Je peux fumer?

— Oui.

Il m'a expliqué qu'il venait d'un coin perdu, affamé par un dictateur, mais qu'il espérait tout de même y retourner un jour. Il m'a aussi dit qu'il avait trouvé ce travail, que ce n'était pas difficile et qu'un nègre ne pouvait pas vraiment faire autre chose. Au bout de trois bouffées, j'ai balancé ma cigarette par la fenêtre, elle me tombait sur le cœur. Jésus pouvait toujours essayer de revenir, le Noir tenait plus à ça qu'à n'importe quoi d'autre; il l'attendait de pied ferme. Je ne lui ai pas dit de ne plus y croire.

La pluie tombait de plus en plus, les essuie-glaces avaient de la difficulté à faire leur boulot.

— Et vous? Vous croyez en Dieu?

— Non.

— Vous croyez bien à quelque chose quand même?

— Non, pas vraiment.

Je l'avais déçu, je ne savais pas trop que lui dire. En fait, je ne croyais vraiment plus en rien, et si Dieu existait, alors il était le pire des salauds pour l'avoir emmenée, elle! Une innocente! Pourquoi?

J'ai essayé de relancer la conversation, mais je n'étais plus du bon coté de la croix, le type ne voulait rien savoir. Un instant j'ai failli lui dire que je l'avais revue et que c'était peut-être un coup de la lumière divine, mais je n'ai pas insisté, j'ai préféré fermer ma gueule et regarder les essuie-glaces peiner.

Quand il m'a déposé devant ma porte, j'ai lu une lueur de haine dans ses yeux. Je l'ai payé en lui disant que Jésus était déjà revenu une fois, mais que des fumiers l'avaient renvoyé et qu'il n'était pas près de redescendre pour tendre l'autre joue.

J'ai claqué la portière sur le type et j'ai mis les deux pieds dans une flaque d'eau. Putain! Dieu n'existait vraiment plus!

5

Soledad n'était pas Anna, mais Soledad était vivante et ressemblait à Anna... J'en étais là et ça n'arrangeait rien. J'en étais là et j'avais beau essayé de croire l'inverse, je n'y parvenais pas. Soledad était bien vivante, tandis qu'Anna...

J'ai regardé le tableau accroché au mur de mon salon et tranquillement j'ai terminé ma bière. «Fin du commencement», je me demandais encore pourquoi le peintre l'avait nommé ainsi. Je me suis imaginé la petite mouche écrasée par le dernier coup de pinceau, mais sans résultat, il devait y avoir une raison plus spécifique. Puis il y avait le visage d'Anna suspendu dans l'air, les cartes de couleur, les tarots de Soledad, le noir qui m'empêchait d'aller vers l'inconnu et le rouge, symbole de l'échange du passé pour l'avenir ou quelque chose comme ça. Mais que connaissait-elle des couleurs, de mon avenir? Qu'avait-elle voulu dire en affirmant que seul Dieu avait un pouvoir sur les êtres humains? Était-elle comme le nègre du taxi à attendre béatement un message du ciel et accepter la pluie en échange? Qu'est-ce que Dieu avait donné à Anna? La mort avait-elle le droit d'emmener des innocents et pourquoi? Un nombre infini de salauds traînaient sur terre sans jamais mourir, alors pourquoi elle? N'avais-je pas le droit de la venger en détruisant une ordure, ou mieux, pouvais-je tuer une personne innocente pour jouer, moi aussi, avec la mort et devenir son égal?

Souvent il m'arrivait de penser à ces choses, souvent il m'arrivait de vouloir tuer quelqu'un. Juste comme ça. Sans méchanceté ni haine. Seulement pour voir et comprendre. Pendant des nuits j'avais cherché son visage, pendant des nuits j'avais pensé m'offrir un sacrifice pour l'oublier. La dernière fois que j'avais ressenti cela, c'était en tenant le banquier par la cravate, un bref instant j'avais eu le désir de lui planter le coupe-papier dans la gorge pour voir gicler le sang, mais je l'avais relâché, un banquier ne pouvait pas être totalement innocent. Bien sûr, j'avais aussi pensé à moi, j'avais chargé mon 7.65 de son unique balle et m'étais regardé dans le miroir de la salle de bains. Le pistolet sur la tempe, j'avais compté jusqu'à dix, puis finalement j'avais rabaissé l'arme. Avec mes pensées de meurtre dans la tête je n'étais sûrement pas plus innocent qu'un autre, et je préférais peut-être économiser mon unique cartouche pour un moment plus réel.

J'ai pris une autre bière. Bien sûr il y avait Soledad, sa peau blanche, presque transparente, son regard doux et son nom lui-même... Elle ressemblait tellement à Anna!

J'ai levé les yeux vers la peinture, je m'en voulais. En

fait ce n'était pas une innocente que je devais supprimer mais ce peintre, ce certain Frédérik qui avait signé au bas du tableau, qui avait osé faire un truc pareil, une merde inutile. Grotesques, boursouflés et énormes, les personnages plaqués sur la toile semblaient grossir à vue d'œil, dépasser l'obésité permise pour vouloir exploser.

J'ai allumé la télévision, mais je l'ai laissée muette. Dehors, il faisait déjà noir, je ne savais pas encore si j'allais replonger dans une de ces nuits débiles. J'ai mis un disque de musique classique. J'ai essayé de me concentrer sur les sons, sur les instruments, je savais maintenant qu'Anna se trouvait soit à l'Eldorado, soit au cimetière. J'ai monté le volume, les violons envahissaient la pièce. Tuer pour me venger de la mort, juste pour voir un être glisser dans les ténèbres. J'ai remonté d'un cran le concerto, la télévision illuminait la scène comme un projecteur braqué sur l'infini. Les musiciens devenaient réels, mobiles, presque beaux dans leurs costumes sombres.

$$* * *$$

J'ai dormi, longtemps peut-être. Je me suis réveillé en plein cauchemar, je venais de tuer Soledad, elle tenait encore des cartes de couleur. À la place de sa tête, il y avait une tache de peinture rouge, debout, je regardais le sang se répandre. Lentement il inondait le sol, et sur cette mare huileuse, sa robe flottait comme un dernier nénuphar. Bientôt le corps fut totalement submergé, il ne restait qu'une main tendue dans les airs, une main qui me faisait signe de la rejoindre. Je me suis réveillé à ce moment-là. Couvert de sueur, j'ai ouvert la fenêtre. Pour ne pas changer il pleuvait; la nuit avait disparu.

Tuer, j'ai pensé, mais tuer pourquoi? Pour assouvir de bas instincts, pour prendre une revanche? La mort n'emportait-elle pas si facilement les petites fourmis innocentes?

J'ai enfilé mon imperméable, la pluie bouffait le paysage, je ne savais pas vraiment ce que j'allais foutre dehors, à tout hasard j'ai glissé mon 7.65 dans une de mes poches, le destin allait peut-être me forcer à rentrer dans son jeu.

Une fois dans la rue, j'ai réalisé dans mon petit intérieur cérébral que loin d'être au bord du gouffre, je désirais simplement me rendre sur la tombe d'Anna. Ça faisait longtemps, peut-être trop longtemps que je n'y étais pas allé. On ne devrait pas oublier les morts, j'ai pensé, d'une certaine manière ils nous rattachaient à la vie.

J'ai marché jusqu'à l'arrêt d'autobus. Trois fourmis piétinaient devant le poteau. Trois petites choses qui faisaient bien attention de s'ignorer, trois petits bêtes qui s'épiaient. J'ai attendu le long du mur, un peu comme les trois autres j'avais hâte d'en finir. Dix minutes plus tard le véhicule a débouché au coin de la rue pour venir se garer nerveusement près de nous. Bien sages et en ligne, nous avons demandé un passage et payé ce même passage. Sans nous voir, le chauffeur nous a tendu un billet, sans nous regarder, il nous a rendu la monnaie. J'étais enfin dans un lieu commun aux autres, je me suis dirigé vers un siège. Les fourmis se tenaient tranquilles, le visage plongé dans un livre, un journal ou bêtement tourné vers l'extérieur.

J'ai joué avec une goutte d'eau, je la regardais fuir vers le bas de la vitre et disparaître. Par moments, elle remontait, s'étirait et reprenait sa descente. J'ai trouvé ce manège intéressant, je me suis demandé si c'était la même qui montait pour redescendre et je l'ai ensuite finalement abandonnée pour d'autres. Le paysage a alors changé, la route a commencé son ascension. La montagne au centre de la ville, une montagne pour enterrer les morts, c'était peut-être pour cela que tous les regards se fuyaient, c'était peut-être pour cela que le chauffeur ne regardait pas ses passagers. La mort rappelait la vie.

J'ai été le seul à débarquer en haut de la montagne, j'ai regardé l'autobus continuer sa course vers l'autre bout de la grande cité et j'ai franchi l'entrée de l'autre monde. Ici la pluie semblait plus respectueuse, plus légère et moins dense. Je me suis dirigé vers la tombe d'Anna. Il n'y avait pas de fleurs. Elle n'avait pas de famille dans ce pays, Anna Muller. Fille de Berlin, petite-fille d'Allemagne, je me suis demandé si sa parenté avait été prévenue.

Elle avait traversé l'océan pour faire une étude sociologique sur les anciens immigrants de l'Est, ceux qui avaient laissé derrière eux la misère et dont les enfants et les petits-enfants n'avaient vu que des photographies jaunies des vieux pays. Elle avait pensé découvrir un bout de paradis, quelque chose de nouveau mais très vite elle avait déchanté, très vite elle avait compris la grande illusion de ce continent. Une farce énorme qu'elle disait, une farce énorme lui fut jouée.

ANNA MULLER R.I.P.

— Salut, Anna.

Je me suis accroupi pour toucher le sol et j'ai senti une larme couler sur ma joue.

— Finalement, j'ai baisé mon père. Tu sais, on aurait pu vivre ensemble, bien et sans soucis.

Je n'attendais aucune réponse, je n'attendais plus rien mais parler me faisait du bien, c'était comme l'avoir encore près de moi.

— Tu sais, je ne vais pas la tuer. Elle est comme toi, moins belle peut-être, mais elle ne va pas mourir.

Je me suis relevé, de l'eau me glissait dans le cou, j'avais la tête baissée et les mains jointes. Je me suis tu un instant, partout autour de moi il y avait d'autres croix, d'autres plaques avec d'autres noms, la vie était peut-être anonyme mais la mort ne l'était pas.

— Elle s'appelle Soledad. On viendra te voir un jour, je te le promets, on viendra ici.

Puis j'ai dit n'importe quoi. J'ai parlé des cartes, des gens, du café, j'ai même siffloté un petit air qu'elle aimait.

Par politesse, je l'ai laissée un instant pour aller saluer

les autres. J'ai fait un petit tour et je suis revenu à mon point de départ. La pluie avait cessé, certaines tombes brillaient dans la lumière, j'ai regardé la sienne une dernière fois et j'ai murmuré un faible au revoir. Je me suis ensuite retourné et j'ai marché vers la sortie avec des larmes dans les yeux. Ma vision devenait floue, elle sursautait à chaque pas, je voyais les croix danser autour de moi. J'ai eu mal au cœur, je me suis arrêté pour dégueuler. J'avais encore beaucoup à apprendre, je me suis plié en deux une seconde fois. Un fil pendait de ma bouche, un fil blanc et luisant, de ma main gauche je l'ai effacé. J'ai relevé la tête, j'avais encore une larme au coin de l'œil.

Dans l'autobus je me suis dit qu'il fallait oublier Anna, qu'il fallait cesser de traîner dans le no man's land de la vérité, à chercher son visage ou sa voix à l'intérieur des murs de la ville. Elle était morte et bien morte. Rongée par l'humidité et bouffée par les vers et ça ne servait à rien d'y penser, de trop y penser. Anna avait foutu le camp de ma vie mais ma vie ne devait pas se terminer ainsi, elle devait continuer. Facile, j'ai pensé. Facile de croire au recommencement, mon père avait raison, ni les erreurs ni les souffrances ne s'effacent. À la rigueur, on pouvait les cacher, les enfouir au fond de soi et chercher à les dissimuler, mais jamais on ne pouvait les effacer. Il fallait pourtant s'acharner, repartir à zéro, changer d'adresse et de ville peut-être. Rien ne servait de déambuler dans les rues à la poursuite d'un fantôme, rien ne servait de vouloir se venger de la mort par une autre mort. Je devais oublier le passé pour cons-truire l'avenir, je devais l'oublier en sachant tout de même qu'elle viendrait s'endormir près de moi certains soirs. Anna! Anna Muller! Mon père ne voulait ni te voir ni te rencontrer, Anna Muller! Je t'aimais mais le puis-je encore? Pendant un an je t'ai cherchée mais je n'en peux plus! Seul, je dois continuer seul!

L'autobus m'a déposé à trois coins de rue de mon ap-partement, de notre appartement... Il fallait déménager, brûler les meubles, changer de murs, d'habitudes et trou-ver du travail. Soledad n'avait pas raison en affirmant que Dieu seul avait un pouvoir sur les êtres vivants. Dieu... Les autres plutôt! Tous les autres! Chaque individu avait le pouvoir, tant sur lui-même que sur ses semblables, cha-que petite fourmi pouvait choisir à sa manière une façon de vivre. Chaque pas inconscient était une erreur.

Je me suis arrêté près d'une cabine téléphonique, j'ai ouvert la porte et sauté sur l'annuaire. Frénétique-ment j'ai cherché le numéro de l'Eldorado. Je voulais lui dire cela. Je voulais lui faire comprendre que nous étions tous responsables de nous-mêmes. Je voulais aussi la voir, lui avouer cet amour perdu et lui tenir la main encore une fois.

La pluie s'était transformée en une sorte de brouillard blanchâtre. Des voitures en surgissaient tous feux allu-més, traînant lamentablement au ras du sol comme de longs serpents fatigués. Tout devenait flou, la ville en-tière semblait entourée d'un voile de crêpe irréel.

J'ai glissé une pièce dans la fente de l'appareil et j'ai composé le numéro. Tendu, j'étais prêt à raccrocher, je ne voulais pas entendre la voix du père. À la première sonnerie, quelqu'un a répondu.

— Oui?

— Soledad?

— Oui!

— C'est Frank, j'aimerais te voir...

— Viens! Je t'attends!

— Non! Toi, viens! On pourrait se retrouver quelque part, se promener un peu et je pourrais même te payer la peinture.

— Où es-tu?

— Dans une cabine téléphonique. Je t'attendrai vers six heures au Jardin de Mabuse.

J'ai cherché ma montre pendant qu'elle hésitait à répondre, bien sûr, je l'avais oubliée quelque part.

— Non, Frank. Pas à six heures!

— Alors quand?

— Vers sept heures, si tu veux?

— Je veux. À plus tard et...

Elle avait raccroché. Tout au long de la conversation j'avais parlé bas, mon cœur en endurait trop ces derniers temps. À sept heures au Jardin de Mabuse! Il me fallait trouver l'heure, me dépêcher ou au contraire attendre.

J'ai foncé dans le brouillard à la recherche d'un humain et je suis tombé nez à nez avec une petite vieille qui tirait un panier à roulettes chargé de provisions. Elle courbait l'échine.

— Quelle heure? S'il vous plaît.

— Aucune idée.

J'ai couru, mes jambes me portaient comme elles ne l'avaient pas fait depuis longtemps. J'ai aperçu un couple, haletant, je me suis approché.

— Avez-vous l'heure?

— Moi, non! Et toi? a demandé le gars à la fille.

— Non plus, excusez...

— Bon dieu! j'ai fait, tout bas.

J'ai continué ma course, rencontré un clochard, un chien et deux, trois autres individus assez bizarres. Je suis rentré dans une boulangerie, ça sentait bon mais aucune pendule n'était accrochée au mur. J'ai apostrophé un client qui patientait.

— Quelle heure avez-vous?

— Oui, monsieur! Vous avez raison! Je suis bien d'accord. C'est une pitié d'attendre ainsi pour du pain, on se demande ce que fait la vendeuse!

— Oui, enfin, non… Avez… Avez-vous l'heure?

— L'heure? Mais il est déjà trop tard! Bien trop tard et jamais…

Il était fou, complètement atteint. J'ai changé de personne, je me suis approché d'un petit père et calmement j'ai reposé ma question. Gentiment, avec une grimace édentée, il m'a répondu.

— Il est cinq heures trente, jeune homme!

— Merci mille fois.

Je suis ressorti de la boutique, je ne courais plus, j'avais du temps, plus de temps que n'importe qui. J'ai repensé à tous ces gens, ces infidèles de l'horloge, jamais je n'aurais cru cela, jamais! C'était à peine croyable. J'ai continué à avancer dans le brouillard, il faisait clair dans ma tête.

Chez moi, j'ai changé de vêtements et rangé mon arme, je ne voulais pas faire d'erreur, je ne me faisais pas encore confiance.

Quand je suis ressorti, je me suis dirigé d'une allure décidée vers un cracheur de billets. J'ai attendu mon tour devant la belle machine et prié bien fort pour qu'elle ne bouffe pas ma carte magnétique. Après lui avoir livré mon code secret tout s'est bien passé, la bête n'a pas hoqueté, et sagement elle m'a donné la somme désirée. J'étais heureux, très fier de la technologie moderne, j'ai empoché l'argent et je me suis dirigé vers un marchand de parapluies.

Plus tard j'ai aussi acheté une montre, l'autre ne comptait plus, il était temps que je devienne le nouveau Frank! Je ne me reconnaissais pas, il y avait longtemps que je n'avais pas été ainsi.

Je regardais les aiguilles sans arrêt, chaque minute me rapprochait d'un nouveau bonheur, chaque minute m'éloignait du passé.

À six heures quarante-cinq, j'étais assis à une table du fameux jardin. Des plantes grimpantes et des arbres entouraient un bassin de poissons rouges, l'architecte qui avait conçu cela méritait toutes les médailles existantes dans le domaine des arts Déco. L'ensemble semblait parfaitement aménagé pour l'intimité. Autour des tables et un peu à l'écart, une série de petits restaurants offraient maints plats et consommations que l'on pouvait se faire servir ou aller chercher soi-même. L'endroit repoussait de lui-même les citadins moyens et tous les excréments de la ville. Même la pluie ne pouvait endommager ce bout de paradis et seul le ciel y restait présent grâce à des pyramides translucides dressées pour le capturer. Personne n'aurait pu imaginer une ville autour de ce coin de verdure.

À sept heures, je l'ai vue. Elle marchait la tête haute. Elle portait un petit chapeau de feutre et un long manteau brun. Je lui ai fait signe. Elle s'est approchée d'un pas plus rapide et nos mains se sont jointes.

— Bonsoir, Soledad.

— Es-tu fou de téléphoner ainsi au bar? Mon père aurait pu décrocher!

— Bah! Il ne m'aurait tout de même pas mangé?

— Non, je sais. Mais il n'aime pas ça. En ce moment il me guette comme une enfant, ça me met mal à l'aise.

Même à l'abri du déluge, le parc artificiel pouvait s'assombrir. Elle s'était légèrement maquillée, sans excès. Elle ne ressemblait plus à Anna. Je lui ai pris la main, elle n'a pas bougé.

— Soledad... J'ai menti! Je ne suis pas amoureux, il n'y a personne dans ma vie.

— Mais les cartes?

— Foutaises! Les cartes ne savent rien.

Sans répondre, elle m'a pris l'autre main. Elle les a inspectées et m'a répété que quelqu'un se trouvait pourtant bien dans ma vie.

— Non, Soledad. La seule personne qui était dans ma vie a disparu il y a un an... Morte.

— Oh! Excuse-moi!

— Tu ne l'avais donc pas vu?

— Non... Et dans tes mains non plus!

— Tu lis aussi dans les mains?

— Je devine seulement. C'est trop difficile.

— Veux-tu essayer?

— Non, Frank, non! Mais j'aimerais bien boire quelque chose!

Je me suis levé pour commander un *Strange cocktail* aux fruits exotiques.

De retour à ma place, j'ai vu qu'elle s'était de nouveau transformée, son manteau gisait sur une chaise, elle portait un chandail noir, assez moulant. Elle était sublime.

— Euh... Un cocktail tropical, ça ira?

— Génial, Frank!

J'ai senti le muscle de mon appareil respiratoire redoubler de cadence, au moins j'étais sûr d'être vivant, ça me faisait du bien quelque part.

— J'ai l'argent pour le peintre.

— Ah! Frédérik! Oui, je le lui ai dit. Il ne veut pas te la vendre, c'est un cadeau.

— Pourquoi?

— Je ne sais pas. C'est un vieux fou. Si un jour il change d'idée, alors tu le paieras.

Le serveur a déposé une sorte d'aquarium sur la table avec deux pailles et des petites serviettes de papier. Des fruits nageaient dans un liquide coloré et parfumé, il ne manquait que la mer et le sable. J'ai contemplé l'ensemble et j'ai tendu une paille à Soledad.

— À notre amitié!

— Oui, Frank, à notre amitié.

Nous avons bu et parlé, puis je suis allé chercher des fourchettes de plastique pour piquer les fruits. L'aquarium se vidait; j'ai commandé un autre cocktail avec un peu plus de vodka.

Quand je suis revenu à la table, j'ai remarqué que Soledad était ailleurs, son regard brillait, son chandail respirait plus rapidement. Je me suis assis et elle m'a repris les mains.

— Les mains sont des miroirs identiques. Des doubles, mille fois différents. La droite reflète la gauche. Regarde! Admire ces lignes, ces étoiles, ces sillons creusés par la mélancolie et l'ennui. Observe cette courbe qui glisse jusqu'au poignet et celle-ci qui compte le temps.

Je l'écoutais. Attentif, je regardais ses lèvres brillantes s'agiter comme un papillon avant l'envol. Je rêvais d'être entomologue pour le capturer, je rêvais de l'épingler.

— Dans ton autre main, les lignes sont semblables: elles se rapprochent dans la gauche et dans la droite, elles s'éloignent comme deux parallèles qui ne peuvent se rejoindre. Comme deux êtres distants. Vois! Les étoiles se transforment en carré, cette ligne chevauche des pièges nouveaux et cette autre qui s'arrêtait sous ton majeur continue droite et fière dans un monde qui t'est pour l'instant inconnu. Il faut croire au destin. Tes mains attendent un nouveau jour, un amour éternel! Frank, de quoi est-elle morte?

Elle m'avait serré les doigts avec violence avant de les relâcher. Le papillon avait disparu derrière le rouge à lèvres. J'ai senti mon cœur basculer dans le vide et mon estomac se nouer. De nouveau Anna était là devant mes yeux, de nouveau je sombrais dans le passé. J'ai bu une gorgée du machin tropical mais j'ai trouvé les îles amères et trop lointaines, j'ai essayé de changer de sujet.

— Luis a de la chance de t'avoir près de lui, il doit être heureux.

— Je ne sais pas, il m'aime en tout cas, il veut mon bonheur, trop quelquefois.

— J'aimerais bien être à sa place.

— Crois-tu?

— Oui.

Elle a pêché un morceau de banane, l'a laissé s'égoutter au-dessus du verre et m'a redemandé pour Anna avant de croquer dans la rondelle. J'ai pris une grande respiration, c'était peut-être le moment d'en finir.

— Elle est morte il y a un peu plus d'un an aujourd'hui... Elle était malade. On s'était rencontrés dans la rue, j'avais renversé tous mes achats, un sac percé qu'elle m'avait aidé à ramasser. Plus tard, nous nous sommes revus.

— Ici?

— Oui, puis petit à petit nous avons vécu ensemble.

Une vie tranquille, comme tout le monde, on faisait notre possible. Un jour, elle est tombée dans les escaliers de l'appartement et elle s'est cassée la jambe... La fracture ne s'est jamais refermée, nous avons vu des spécialistes, elle a passé tous les examens possibles et finalement la sentence est tombée: c'était un cancer des os. Avant son accident, elle me disait quelquefois qu'elle se sentait rongée de l'intérieur, comme si une chose était en elle, se nourrissait d'elle, quelquefois nous en avons ri, puis il y a eu la chute. Après ce fut l'hôpital, la tombe et un grand vide. Je n'ai jamais voulu croire à sa mort, jamais jusqu'à aujourd'hui. J'ai enfin compris qu'elle ne reviendrait plus.

Je ne lui ai pas dit qu'elle lui ressemblait, j'avais mal au fond de moi, je me suis souvenu de l'odeur, de la chambre trop blanche et des fleurs.

— Je suis désolée, Frank.

— Après sa mort j'ai erré dans les rues, souvent la nuit. J'ai voulu tuer, me suicider aussi, mais je suis trop lâche... Voilà ma vie, Soledad! Parlons d'autre chose. Toi, d'où viens-tu?

— D'ici. Je suis née dans cette ville, j'ai toujours vécu dans cet univers humide, mais je n'aime pas trop parler de moi.

— Luis?

— Luis? Il est arrivé jeune dans ce pays, je sais qu'il a rencontré ma mère à l'Eldorado, mais il ne m'en parle jamais, pour lui aussi c'est du passé, un passé pas trop facile.

— Qu'est-ce qui est du passé?

— Ma mère... Elle est décédée quand je suis venue au monde.

La pyramide de verre n'était plus vraiment étanche, même assis dans le plus beau jardin de la ville j'avais l'impression que le ciel nous ramenait nos morts respectifs. Nous devions tous mourir un jour, les plus proches aussi, c'était une loi immuable. La loi de la vie. Soledad avait souffert, Luis avait souffert, la souffrance faisait partie du lot de chacun.

Nous avons fini notre deuxième cocktail puis nous avons quitté la table pour flâner dans le jardin et essayer de respirer d'autres senteurs. Mais nous savions que l'échappatoire était de courte durée, nous savions que ni les fleurs, ni les arbres ni même les poissons rouges n'existaient véritablement.

Dehors le brouillard nous a enveloppés pour nous offrir sa protection, nous n'étions plus que deux ombres dans la cité, deux pantins disloqués, je lui tenais le bras, elle marchait la tête dans le passé.

— Frank, j'ai envie de me promener en taxi!

J'ai tendu le bras en espérant ne pas revoir mon nègre. Une voiture s'est arrêtée, nous sommes montés dedans et le type nous a emportés vers les quartiers de l'ouest.

Soledad lui a demandé de se diriger vers le port; il connaissait son travail, il se taisait, le compteur tournait, deux anges traversaient la ville. J'ai vu le chauffeur glisser une cassette dans l'auto radio, il commençait à nous oublier.

— J'aime cette ville, Frank, j'aime ce port et même la pluie.

— Moi, non! Je hais la pluie mais j'aime t'entendre.

Elle a posé sa tête sur mon épaule, elle m'a raconté que Luis appelait ces pluies *lluvia de verano*, qu'en espagnol cela voulait dire pluie d'été. Dans le Sud, elles annonçaient les beaux jours et on les attendait toujours dans la joie. Ici, elles nous glaçaient seulement les os avant de nous projeter au cœur de l'hiver. *Lluvia de verano*, mondes opposés, j'ai glissé ma main dans la sienne, elle a relevé un peu la tête, ses lèvres se sont entrouvertes, j'y ai collé les miennes. *Lluvia de verano*, sa langue a plongé dans ma bouche, sa main a glissé sur mon torse avant de venir jouer dans mes cheveux, elle s'est blottie contre moi, une jambe par-dessus mon genou, j'ai senti sa chaleur, le chauffeur de taxi a ralenti. Dehors des néons allumés nous accompagnaient comme dans un rêve.

Trente minutes plus tard nous étions en vue de l'El-dorado, elle habitait juste au-dessus du café. La voiture s'est arrêtée mais elle ne semblait pas pressée d'en descendre, elle était toujours collée à moi. J'ai demandé pourquoi Eldorado, pourquoi ce nom?

— Oh! C'est le nom d'une région qui regorgeait d'or, jamais les Espagnols ne l'ont trouvée; certains disent même que c'était une cité engloutie sous un lac. Tous ceux qui l'ont cherchée ont trouvé la mort et le désespoir, la quête de la fortune s'est toujours terminée aux dépens du conquérant.

— Oui, je connais tout cela, mais pourquoi avoir nommé ce bar ainsi?

— C'est Luis, ça lui donnait peut-être comme un arrière-goût du pays. Je sais qu'il a cherché le bonheur longtemps, maintenant il doit être arrivé au bout de sa quête, du moins je l'espère…

Elle m'a embrassé, j'aimais son odeur, sa bouche, son corps! Ma main a essayé de glisser sous son chandail, mais un bras l'a arrêtée.

— Non, pas ici! Il faut que je rentre, passe me voir mardi, Luis ne sera pas là!

Elle s'est éloignée de moi et comme elle allait sortir du véhicule, elle s'est brusquement retournée.

— Frank, ne cherche pas l'Eldorado! Le bonheur est autour de toi, dans les riens de tous les jours, ne cherche pas l'introuvable et ne remue pas le passé!

— Ne t'inquiète pas! Je crois avoir trouvé mon Eldorado, à bientôt.

La portière s'est refermée, j'ai regardé sa silhouette avancer dans la nuit et j'ai vu une lumière s'allumer.

L'univers entier m'appartenait, le brouillard confirmait mon rêve.

Je m'enivrais encore de son parfum quand le chauffeur m'a ramené dans le bas monde.

— Je vous dépose quelque part?

6

Je me suis observé dans le reflet d'une vitrine. Nous étions mardi et moi un autre. J'avais changé de style, jeté mon vieil imper et acheté un truc plus propre, plus long et doublé de laine. C'était du *made in England*, ça coûtait les yeux de la tête mais c'était racé, très sport, avait dit le vendeur. J'en avais aussi profité pour m'offrir un chapeau genre Borsalino et un foulard noir. Même mes chaussures étaient neuves et de marque anglaise. Fier en petit British, j'avais de l'allure, de la classe, du standing; j'avançais vers le renouveau.

En arrivant en vue de l'Eldorado, j'ai aperçu Luis sur le trottoir. Il marchait dans ma direction avec un autre homme; ils semblaient absorbés, en pleine conversation. J'ai ramené mon couvre-chef sur les yeux et je me suis baissé pour relacer une chaussure. Je faisais cela par instinct, pour être sûr de l'avoir loin de moi et parvenir à destination. Au moment où ils m'ont croisé, je me suis relevé. Luis ne m'avait pas reconnu, mais comment l'aurait-il pu? Comment imaginer une ancienne peau sous un costume de gentleman? Je me suis retourné pour les voir de dos et machinalement je leur ai emboîté le pas. Je savais que je faisais une erreur, une connerie phénoménale, mais c'était plus fort que moi, une force intérieure me poussait, m'éloignait de mon but premier.

La foule était compacte, les petites fourmis couraient dans les rues, je ne pouvais me faire repérer. Je les ai vus ralentir un instant, hésiter puis finalement pénétrer dans une galerie d'art. Sûr de ma nouvelle identité, je les ai imités, j'ai poussé la porte vitrée de la boutique. La salle était immense, pleine de poutrelles d'acier entrecroisées, on aurait pu se croire à l'intérieur d'une carcasse abandonnée ou entre les deux mâchoires redoutables d'un monstre antédiluvien. Il n'y avait pas foule autour des toiles accrochées. Je me suis approché d'une œuvre et tout de suite j'ai reconnu la signature du peintre fou. Frédérik faisait dans le morbide, le cadavérique, il semblait se complaire dans la misère. J'ai cherché Luis des yeux et je l'ai vu en extase devant un truc lugubre. La scène était horrible. Le peintre avait choisi une vue en plongée. On voyait d'abord les torsades d'une corde, puis des cheveux, un nez, un bout de langue et ensuite on devinait la pointe des chaussures. Beaucoup plus bas, un enfant tête en l'air, regardait le pendu. La profondeur était réelle, trop peut-être, et l'enfant était parfaitement peint, en complète fascination, sous l'homme. Avec la perspective le spectateur pouvait se croire à la place du mort. Je m'y suis vu. Le regard de l'enfant était triste. J'ai détourné la tête et fait quelques pas vers une autre peinture et un autre pendu. Une femme remplaçait l'enfant. J'ai changé de toile. D'une vue en plongée on passait à une vue en contre-plongée avec l'impression de voir un type se balancer. Je me suis aussi demandé si l'homme qui accompagnait Luis n'était pas ce Frédérik. Tout à coup, j'en ai eu marre. Marre des horreurs, marre des suicidés, des sacrifiés. Marre de la mort! Un visage féminin m'a effleuré, mais je n'ai pas su si c'était celui d'Anna ou de Soledad. Je me suis dirigé vers la sortie. À la porte, sur une table de bois, un livre sur l'artiste était en vente et des prospectus décrivaient l'exposition. J'ai acheté le livre et ramassé un prospectus, les ai enfouis au fond de mes poches et d'un pas incertain j'ai repris la direction de l'Eldorado. Un beau soleil accompagné d'un petit vent froid annonçait un changement de température pour la fin de la soirée.

* * *

Quand j'ai ouvert la porte du bar, je l'ai vue qui balayait la salle. Comme de petites mouches d'or, des particules de poussière tournoyaient dans un rayon lumineux.

Elle a lâché son balai. Mon déguisement n'avait eu aucun effet sur elle.

— Frank!

Elle s'est jetée dans mes bras. Sa bouche a cherché

la mienne, mon chapeau a fait un atterrissage triomphant sur le sol et nos mains se sont unies.

— Mon père est au moins parti pour trois heures, il est allé dîner avec Frédérik.

— Oui, je les ai croisés.

— Oh Frank! Je suis heureuse! Viens.

Elle m'a entraîné dans l'alcôve secrète, a tiré le rideau rouge derrière nous mais l'a pratiquement réouvert en même temps.

— Attends-moi là!

J'ai attendu. Quinze secondes plus tard je l'avais de nouveau dans les bras. Une fièvre nouvelle s'emparait de moi, une fièvre qui m'avait quitté depuis trop longtemps. Elle m'a retiré l'imperméable. J'ai pensé au chapeau perdu près du tas de poussière.

— J'ai fermé le bar, nous serons tranquilles.

— Oui.

— Laisse-moi te regarder! Mon Dieu, te voilà transformé!

Je n'ai pas répondu. Pour moi la métamorphose avait été complète au premier baiser. J'ai senti sa main courir sur mes épaules, elle était vive et chaude. J'ai essayé de l'imiter mais elle m'a repoussé.

— Non, il ne faut pas! Imagine qu'on se laisse aller et que quelqu'un entre.

— La porte est fermée!

— N'empêche! Luis a ses clefs.

Elle s'est écartée et m'a inspecté de la tête aux pieds.

— Comme tu as changé! Assieds-toi.

Elle s'est installée en face de moi et un paquet de cartes a surgi sur la table.

— Nous allons voir... Ces cartes sont différentes. Elles reflètent les sentiments et les comportements, elles sont plus appropriées pour l'avenir immédiat.

Elle me les a tendues.

— Prends-en juste cinq et dépose-les en croix devant toi. Place la première et pose ensuite les autres autour. Une en haut, une en bas et une de chaque coté. Bien! Ta croix est faite.

Je n'ai pas vu le petit point à l'infini, je n'ai pas ressenti la sensation de vide ou de vertige. Je l'ai entendue parler d'un poids difficile à porter, d'une épreuve mais aussi d'introspection, de vision intérieure et de destin. Mon présent était heureux. J'étais au présent. Après ce jeu, elle a voulu recommencer pour nous, mais je l'ai arrêtée. Je ne voulais rien savoir. Mon présent suffisait.

— Non, Soledad. Aujourd'hui vaut peut-être mieux que demain, alors oublions les cartes et oublions demain.

— Dommage...

Elle a rangé tout son petit attirail de divination et nos corps se sont emmêlés dans une lutte subtile. Je l'ai attirée près de moi, ma main a glissé sous sa robe et lentement mes doigts ont grimpé comme des araignées le long de ses cuisses. Je pensais qu'elle allait me repousser, mais ses jambes se sont écartées et sa petite culotte s'est tendue comme une peau de tambour. J'ai alors glissé ma main sous l'étoffe. Son sexe était mouillé. Du bout des doigts je lui ai caressé le clitoris, puis lentement j'ai introduit mon majeur dans son vagin. Il y avait longtemps que je n'avais pas connu ça. J'ai senti mon pénis durcir. Elle avait les yeux mi-clos. Sa bouche était légèrement ouverte. J'ai essayé de garder un certain rythme, elle se laissait faire, elle aimait cela.

— Arrête, Frank, arrête!

Elle me suppliait d'arrêter mais ses jambes restaient écartées. J'ai continué.

— Je t'en prie, pas maintenant, a-t-elle dit dans un murmure. Puis elle s'est dégagée.

— Frank, ce n'est pas possible, je veux que tu partes. J'irai chez toi ce soir, laisse-moi ton adresse. Pars, pars tout de suite!

Elle a remis de l'ordre dans sa tenue, elle ne se sentait pas bien. Elle avait peut-être peur de voir son père arriver.

Quand elle a ouvert le rideau, j'ai vu mon chapeau nager dans une tache de soleil. Le temps avait passé. En sortant de l'alcôve je me suis senti partir à la dérive, ma tête tournait, ce bonheur éphémère m'avait saoulé.

J'ai griffonné mon adresse sur un morceau de papier et timidement je lui ai envoyé un baiser du bout des doigts avant de quitter le bar. Ma main avait gardé son odeur, c'était bon.

* * *

Le vent soufflait de plus en plus, des sacs de plastique volaient au-dessus de la ville comme des oiseaux de mauvais augure. J'ai baissé la tête.

L'esprit ailleurs, j'ai heurté quelqu'un au coin d'une rue, je me suis excusé et levant les yeux pour mieux me faire pardonner j'ai rencontré le regard noir de Luis. M'avait-il reconnu? J'ai fait un pas de côté pour le laisser passer et sans hésiter il a continué son chemin. Étais-je resté trois heures avec Soledad? S'inquiétait-il pour sa fille? J'ai repensé à Anna, Anna que mon père avait toujours refusé de rencontrer, j'ai eu un instant l'impression d'être un pestiféré, comme elle, j'étais rejeté par égoïsme.

Le vent s'acharnait; je me suis dirigé vers une bouche de métro, c'était peut-être préférable d'être sous terre sans possibilité de fuite.

Deux stations plus loin j'ai refait surface; j'ai cherché un supermarché pour faire mes provisions en vue de la soirée. J'ai traîné entre les allées avec un petit panier métallique. Soledad allait venir. Je voulais la recevoir, faire les choses en grand et surtout ne pas rater l'occasion de la retenir. Hésitant entre le rhum et la vodka, j'ai finalement choisi l'eau-de-vie de grain plutôt que la boisson de Luis. Je voulais éloigner de moi tous les êtres non indispensables. Puis de toute manière je n'étais pas porté sur le rhum, même avec de l'orange, cette boisson restait pour moi sans histoire, juste un succédané sans couleur ni légende. J'ai ramassé des coquilles Saint-Jacques et une barquette de poisson en sauce dans un énorme congélateur. Dans ma tête le slogan de l'entreprise familiale avait éclaté comme un feu d'artifice foireux: «Merci Kavinsky, et encore merci!» C'était complètement con comme slogan, complètement débile, ça rampait au niveau des marques de lessive. J'ai failli remettre les paquets à leur place, mais je me suis dirigé vers le rayon des vins. J'ai pris un Entre-deux-mers, le nom de cette bouteille continuait ainsi à creuser le trou qui me séparait de l'autre monde. J'oubliais Anna! J'avais sauté sur une autre fille, sans remords et avec beaucoup d'envie. Ce petit raisonnement judéo-chrétien m'a fait pourtant changer de bouteille, je n'avais plus envie d'être entre deux mondes.

Une fois arrivé à l'appartement je me suis lancé dans un ménage rapide et efficace. Le lit fait, j'ai mis une nappe blanche sur la table de la cuisine, installé les bougeoirs et pris une douche.

Allait-elle venir? Ne se moquait-elle pas de moi?

Je me suis servi un verre de vodka avec une tranche de citron et deux glaçons. Je l'ai bu debout, face à la fenêtre. La ville commençait un cycle différent, les pluies allaient s'espacer pour laisser la place à un froid plus vif. J'ai fini mon verre. J'avais soif, une soif malsaine, une soif d'alcool. J'avais besoin d'un réconfort facile, d'un laisser-aller total du corps et de l'esprit. Je me suis resservi et j'ai inspecté la chambre. En accrochant mon imper qui traînait sur le fauteuil, j'ai vu le livre et le dépliant ressurgir d'une poche. Je me suis assis et j'ai commencé la lecture. Déjà le titre était bizarre: «Frédérik et la prophétie». J'ai regardé mon tableau sans trouver de prophétie. Non! Ce type n'était pas un peintre. J'ai continué à survoler le texte. Il venait d'Europe, il gardait sa date de naissance secrète et, surtout, il affirmait ne pas vouloir devenir trop connu. Il avouait aussi n'avoir jamais fréquenté d'école et que voyager était sa seule passion. De nouveau, j'ai regardé ma toile, je ne comprenais rien à ces personnages, à cette tête recouverte de vulgaire taches de peinture rouge; j'ai alors repensé au pendu. Deux autres pendus se balançaient sur la page centrale du dépliant. L'exposition avait pour thème la fatalité. J'ai tout balancé sur le lit.

* * *

Je venais à peine de mettre mes surgelés dans le four quand j'ai entendu frapper à la porte. Un instant j'ai cru que j'allais rester figé au milieu de la cuisine mais non, je suis allé ouvrir et elle était là. Avec des fleurs et du champagne. J'ai essayé de dire quelque chose, mais c'était trop dur. Anna ou Soledad? Anna qui revenait ou Soledad qui débarquait dans ma vie? Je l'ai aidée à retirer son manteau. Elle portait une chemise attachée par une centaine de boutons nacrés comme des perles, et un pantalon de velours noir très ample. Elle paraissait nouvelle, autre, elle était d'ailleurs une autre jusqu'à ce que sa bouche s'ouvre sur la mienne.

Elle a accepté un verre de vodka et fait le tour du logement. Nous avons un peu parlé du peintre qui gisait sur le couvre-lit puis nous avons débouché le vin blanc avant de nous installer au salon. J'ai profité qu'elle soit le nez dans les disques pour allumer les chandelles et jeter un coup d'œil dans le four. Les premières notes d'un air de jazz me sont parvenues avec des picotements dans les yeux. Le saxophoniste me rappelait dans le salon, tandis qu'un souvenir essayait de me retenir, mais la musique a été la plus forte et deux bras m'ont enlacé. La vie avait quelquefois un sens: jusqu'à la fin du morceau nous sommes restés debout, tête contre tête, puis d'une voix à peine audible elle m'a demandé si je l'aimais.

— Oui, je crois.

— Je sais que c'est difficile, mais moi je t'aime. Je t'aime depuis le premier jour.

Sa voix était douce, elle murmurait. Chaque mot se transformait en frisson, en pulsion. Je l'ai embrassée et le sol a foutu le camp, nos corps se sont écroulés. Elle était sur moi, agenouillée. Elle détachait les petites billes de nacre de son corsage, un trompettiste lui donnait le rythme, ma tête tournait de plus en plus. Ses deux seins se sont écrasés sur mon visage, j'ai essayé d'en aspirer un, mais ils roulaient sur moi avec trop de vivacité. Je ne pouvais les saisir, du moins avec la bouche, elle ne m'en laissait pas le temps. J'ai senti sa main lutter avec ma ceinture. Ses cheveux battaient l'air, j'ai réussi à attraper un mamelon du bout des dents. Son pantalon de velours a glissé le long de ses jambes et j'ai soudain senti mon sexe brûler. J'étais en elle, pris dans un étau de feu et de glace. C'était presque douloureux. Très vite je me suis abandonné au plaisir.

À la fin du disque, un léger grésillement persistait dans le nouveau silence... J'ai réalisé trop tard...

— Ah merde! C'est en train de cramer!

Elle m'a libéré de ses jambes et je me suis précipité dans la cuisine pour arrêter le four. Je n'ai rien voulu savoir d'autre et je l'ai retrouvée. Elle était allongée sur le dos, les yeux fermés, les cuisses écartées.

Quand nos corps en ont eu assez, nos âmes se sont éveillées. Il y avait autre chose, un truc beaucoup plus subtil qui venait de prendre forme.

— Frank, je t'aime.

— Moi aussi.

Et je le pensais. La vie n'était qu'une farce, Anna le disait souvent, mais la farce était belle. Je suis allé récupérer la bouteille de champagne et deux verres.

— Je ne peux pas rester trop tard.

— Pourquoi?

— Luis! Il faut que je rentre bientôt, je suis désolée.

J'ai fait sauter le bouchon de liège, j'avais visé son père, en pleine tête.

— Il te surveille?

— Oui. Enfin, je ne sais pas, il est bizarre en ce moment.

— Mais tu n'es plus une enfant.

— Je sais. Je crois qu'il ne t'aime pas.

— Ouais, j'ai répondu, sans trop de force.

7

Pendant trente jours j'ai vécu comme dans un rêve. Tous les soirs Soledad venait frapper à ma porte et tous les soirs nous faisions l'amour avant de sortir. Plus tard, après une séance de cinéma ou une pièce de théâtre, je la ramenais en taxi jusqu'à la porte de l'Eldorado. Comme dans un rituel nous nous embrassions, et avant qu'elle n'atteigne le bar je frappais sur l'épaule du chauffeur et deux traînées lumineuses s'enfonçaient alors sans bruit dans la jungle urbaine.

Tous les soirs le chauffeur était différent, et tous les soirs les mêmes gestes se répétaient, les mêmes questions refaisaient surface. J'avais du mal à encaisser les mille ruses déployées pour échapper aux pattes de son foutu père. Pour justifier ses sorties, elle s'était même inscrite a un soi-disant cours de danse à l'autre bout de la ville, et elle laissait même pendre autour de son cou des petits chaussons de toile blanche... Malgré ces justifications il fallait faire attention, et si elle pouvait rallonger le temps en prétextant des soirées avec des camarades de cours fictives, les quelques heures passées ensemble défilaient bien trop vite. Notre amour s'en trouvait par ailleurs grandi, plus profond et chaque minute égrenée avec parcimonie l'alimentait d'autant. Nous savions que la vie nous réunirait pour toujours. De cela nous étions certains, les cartes l'avaient prédit!

Pendant ces trente jours de bonheur le ciel avait changé et la température chuté de quelques degrés. De temps en temps, des embryons de neige tentaient de transformer la ville mais très vite les formes ressurgissaient sous une pluie victorieuse et tenace. Pourtant, je savais que l'hiver allait venir, l'hiver et le froid.

* * *

Ça faisait une demi-heure que je l'attendais. Le jour fuyait à l'horizon et je le voyais se perdre à travers une fenêtre. On s'était fixé rendez-vous dans un bar underground à la mode. J'avais commandé une bière que je sirotais tranquillement en mâchonnant des amandes salées. Ça glissait tout seul, je ne regardais pas ma montre. Dans un coin, une télévision vomissait les derniers vidéos. Des culs moulés dans du cuir se tortillaient sur des airs afro-rap. L'ambiance tendait entre le bar rock et la salle d'attente. Des types aux bras tatoués se défiaient au billard tandis que d'autres se noyaient dans des flots de paroles. Un gars dormait la tête sur une table. Une serveuse en mini-jupe essayait de le réveiller mais, tranquille dans son au-delà éthylique, il ignorait même s'il allait revenir.

Soudain, j'ai senti une main s'écraser sur mon épaule et cinq doigts s'enfoncer dans ma chair comme pour la déchirer. En même temps que la douleur, j'ai vu Luis.

— Comment ça va?

Il avait un petit rictus au coin des lèvres, rien d'encourageant. Je me suis cramponné à la musique pour ne rien laisser paraître.

— Ah! Tiens! Le monde est petit.

— Oui, je trouve aussi. Je peux m'asseoir?

Sans attendre ma réponse il s'est retrouvé en face de moi et d'un geste tranquille il a fait signe à la serveuse de lui apporter une bière.

— Je ne te dérange pas, au moins?

— Non, non, pensez-vous!

J'avais du mal à cacher le trouble qui m'envahissait, j'ai entendu le choc des boules de billard et la gueulante du perdant. Impassible, j'attendais plus ou moins la même chose, avec peut-être une différence: la partie n'était pas égale au départ, le jeu trop mal distribué, Luis avait une longueur d'avance. Il m'a tendu une cigarette que j'ai allumée.

— Ça fait longtemps que je ne t'ai pas vu à l'Eldorado.

— Ouais. J'ai pas l'habitude de m'incruster aux mêmes places, je change souvent.

— T'as raison, c'est malsain les habitudes.

La serveuse a apporté la bière et sans demander à être payée elle est retournée secouer le type endormi.

Luis a bu une gorgée. Mes mains tremblaient.

— Bonne bière!

Il semblait plus réveillé et moins abruti par l'alcool, plus vivant peut-être. Je lui ai demandé ce qui l'amenait ici, mais je m'en doutais. Au plus profond de mon être, je savais. Il m'a souri et a fini de m'écraser complètement.

— Toi!

— Moi?

— Oui, toi! Toi et ma fille!

J'étais pris au piège, il n'y avait plus aucune chance, je me sentais rétrécir, j'ai attendu qu'il en finisse. Il a bu une autre gorgée, a tourné la tête vers la télé pour faire durer le plaisir. J'avais peut-être une chance, une mince chance, un vulgaire petit trou où me faufiler.

— On s'aime et on a le droit!

Mais mon trou s'est rebouché et il n'a pas détourné la tête. Il devait réfléchir, mijoter quelque chose. J'ai continué mon monologue, envoyé les derniers mots peut-être utiles.

— Vous ne pouvez pas être jaloux! Vous êtes son père, pas son amant! Elle a le droit de vivre sa vie.

Lentement il a ramené son regard sur moi et tranquillement il a hoché la tête en disant qu'il savait tout cela.

— Alors de quoi vous mêlez-vous?

Là, j'avais été fort. Je savais que les rôles ne pouvaient s'inverser, mais dans mon désespoir un relent d'héroïsme venait de surgir en moi.

— Je ne veux plus que tu la vois!

— De la merde!

Ça m'avait échappé comme un direct du droit, j'avais pensé le foudroyer mais, sans crainte et avec calme, il a continué de m'esquinter.

— Écoute bien, Frank! Le premier jour, j'ai eu envie de te foutre dehors à coups de pied au cul. La deuxième fois, j'ai failli te tuer et aujourd'hui je te dis simplement ce que je pense être le meilleur pour nous tous.

— Vous êtes complètement fou!

— La question n'est pas là! Je ne veux plus que tu la voies! Je ne suis pas un père jaloux. J'ai une raison, une bonne raison! Alors je t'en prie, fais ce que je te dis!

Ma peur foutait le camp progressivement, Luis se métamorphosait en malade mental, en vieillard acariâtre. J'aurais donné beaucoup pour le voir disparaître.

— Je sais à quoi tu penses, Frank! Je sais ce que tu ressens. Mais pour elle, Frank! Pour elle et pour nous, n'essaie plus de la voir.

J'enrageais. Mon visage se durcissait de haine. Ma mâchoire avait du mal à se desserrer.

— Et pourquoi? j'ai demandé.

— Te le dire ne servirait à rien. Tu me prendrais encore pour plus fou que tu ne me crois déjà.

— Allez-y tout de même!

— Il y a des choses dans la vie que l'on ne peut pas expliquer. Il y a des choses que l'on sait, c'est tout.

— Sait-elle ce que vous êtes en train de me dire?

— Non! Elle ne sait pas, elle ne sait rien.

Il s'est de nouveau retourné vers la télévision, un chanteur à la mode essayait de vendre sa salade mais ce n'était pas lui que Luis regardait, ce n'était rien de tout cela qu'il entendait. Il m'a refait face avec des yeux plus rouges où deux larmes se demandaient quoi faire. Elles se sont résorbées, il n'avait pourtant pas cru bon les cacher.

— Je voulais juste te demander cela, comprends ce que tu veux, mais je te l'ai dit...

— Juste ça! «Frank, je voulais juste te demander ça!» Et si on continue à se voir, à s'aimer, à se foutre de vos paroles, que va-t-il arriver?

— Tu perdras beaucoup.

Sa voix était plus calme, moins tranchante, la conversation tirait à sa fin.

— Comme quoi?

— Comme elle!

Mes doigts avaient fini de déchirer le dessous de verre en carton. Je l'avais émietté et entassé devant moi. Il était fou, complètement fou.

— Vous voulez être le seul à vivre avec elle, mais dites-vous bien une chose, monsieur son père, avec moi elle serait tout aussi heureuse et je serais tout aussi bon que vous avec elle! Je ne veux pas l'abandonner, au contraire. Vous avez de la chance de dormir sous son toit, vous êtes...

— Tu trouves que j'ai de la chance?

— Oui! J'aimerais être à votre place!

J'avais hurlé, ma chaise s'était retrouvée sur le plancher mais son bruit n'avait dérangé personne.

— Tu aimerais être à ma place? Soit, Frank, mais je t'aurais prévenu.

— Vous êtes malade, vous devriez être enfermé.

J'avais relevé ma chaise et m'étais rassis tranquillement.

— Oui, peut-être.

Il s'est levé, il a marmonné deux ou trois trucs incompréhensibles et a jeté un billet sur la table. Il paraissait complètement ailleurs, perdu dans les limbes, ses gestes étaient mécaniquement lents. De l'autorité, il avait glissé dans la fragilité. En le regardant partir comme un vieux chien malade, ma colère s'était métamorphosée. J'ai fini ma bière et j'en ai commandé une autre.

Maintenant, je savais qu'elle ne viendrait pas. Luis était au bord de la folie, il avait peut-être peur de rester seul, peur de perdre le dernier cordon ombilical qui le rattachait à la vie. Sa femme morte à la naissance de Soledad, sa fille devenait autre chose qu'une simple construction chaotique de gènes et son unique raison de continuer. J'ai pensé à Anna. Ma vue s'est embrouillée. Je comprenais un peu plus son abandon, je comprenais mais ne pouvais accepter de perdre Soledad et cet amour qu'elle avait prédit éternel. Partir avec sa fille, c'était comme le pousser dans la tombe.

Je n'ai pas attendu que la serveuse ramène la bière commandée. J'ai jeté de la monnaie sur la table et me suis décidé à le retrouver. Je voulais encore lui parler. Je voulais comprendre ses sous-entendus et peut-être le dompter. Il me restait une parcelle d'espoir. La vie était trop courte pour tout gâcher.

* * *

Je me suis engagé dans la plus petite des rues. Le ciel

commençait à s'alourdir de gros nuages gris, la neige allait bientôt faire sa première apparition. La température comme mon âme, devait avoisiner le point de congélation.

Quand je l'ai aperçu, j'ai décuplé mes forces, mon corps commençait à ruisseler d'une sueur chaude. Je l'ai dépassé et je lui ai fait face.

— Il faut qu'on parle encore.

— Oui, sûrement.

— Voulez-vous aller quelque part?

— Nous sommes déjà quelque part. Nous pouvons marcher, ça aide à penser.

J'ai réglé ma cadence sur la sienne. Le hasard nous poussait sur les trottoirs.

— Je sais que vous avez peur de rester seul, je sais que Soledad est le seul lien qui vous rattache à la vie, mais moi je l'aime et pour moi c'est important!

— Elle t'aime aussi.

— Oui, elle m'aime. Je ne vous la prendrais pas. Nous, je…

J'ai marqué un temps d'arrêt, mes paroles s'envolaient dans les airs comme des respirations inutiles.

— J'ai de l'argent. On pourrait s'associer, agrandir l'Eldorado et vivre tous les trois sans problèmes, sans être séparés.

— Ce n'est pas cela. La vie est bien plus compliquée que toutes les histoires d'argent. La vie... La vie est comme un cycle, un cycle où chaque élément se maintient et se répète dans l'éternité. Et moi j'ai peur de ça!

Comment parler, comment lutter contre un tel homme? Il ne vivait que pour lui, juste dans sa tête, sans rien vouloir comprendre ou admettre.

— Ma première femme est morte quand j'étais encore jeune, une sorte de guerre... Après j'ai quitté mon pays pour cette ville. J'ai tout quitté pour mourir, mais il y a eu la mère de Soledad, puis notre enfant... Puis la mort. J'ai continué à vivre, vivre pour elle, pour son bonheur! J'ai continué mais... Regarde le ciel! Il va neiger, c'est beau la neige.

Complètement perdu dans un autre monde, il m'ignorait. La folie l'avait atteint au plus profond de son être, parler ne servait à rien.

— Une histoire sans fin, Frank. Une histoire sans fin que Dieu surveille!

Que pouvais-je faire contre lui? Un fou! Comment lui faire comprendre? Il a continué son délire un bon moment avant de me demander.

— Tu t'appelles Frank Kavinsky, n'est-ce pas?

— Oui, comment le savez-vous?

Je ne pouvais plus le supporter, son esprit jouait avec le mien, il fouillait au fond de moi. Je résistais avec peine, il ne m'avait pas tout dit, quelque chose d'obscur restait voilé, quelque chose d'intolérable. Il me parlait et il se parlait. Son accent déchirait mes oreilles. Comment pouvait-il continuer ainsi? Pour qui se prenait-il pour m'empêcher de vivre?

Tout à fait inconsciemment nous étions arrivés dans ma rue, le hasard n'y était peut-être pas pour rien. Je l'ai laissé à son bavardage incohérent pour me rendre au plus vite chez moi. Tout s'obscurcissait. Le jour qui finissait ressemblait à la nuit, à mes nuits. Moi aussi j'étais arrivé au bout d'un rêve. Je me suis retourné une fois et j'ai filé jusqu'à mon appartement. J'ai monté les marches en courant. J'ai ouvert la porte et je me suis précipité jusqu'au tiroir de ma commode. Je l'ai ouvert. Le jour de la mort était arrivé! J'avais une raison, une bonne raison de détruire un passé pour protéger un futur. J'ai sorti mon arme et j'ai engagé la seule et unique balle que j'avais dans le chargeur. Sans refermer ni le tiroir ni la porte de mon appartement, je suis redescendu dans la rue. Il avait eu raison, des flocons flottaient dans l'air comme des lucioles paresseuses que reflétaient les réverbères. J'ai relevé mon col.

Il n'était plus question du père de Soledad. Entre lui et moi, il y avait autre chose, ma pitié avait disparu et ce n'était pas non plus la haine qui me poussait, non! Mais peut-être uniquement cette envie que j'avais eu après la mort d'Anna: tuer quelqu'un! N'importe qui! Je trichais peut-être car je ne le connaissais pas vraiment, mais il avait souffert. Son innocence était possible et ma vengeance aussi.

Je l'ai vu. Il marchait, voûté. Chaque petite forme géométrique qui le touchait semblait lui soutirer une parcelle de vie, et les flocons étaient nombreux. J'ai accéléré mon allure. J'ai glissé la main dans ma poche et je l'ai rattrapé aussi vite que j'ai pu.

— J'ai aimé Anna et j'aime Soledad!

Je n'étais plus moi-même. La couleur avait foutu le camp autour de nous. Tout baignait dans une sorte de blanc cassé. Il a ri.

— Je vais te tuer.

— Je sais.

La rue était déserte, les petites fourmis devaient s'alimenter consciencieusement de mensonges télévisés, tous rideaux fermés comme des regards d'aveugle. Je lui ai attrapé le bras et je l'ai tiré dans un coin plus sombre, dans une sorte d'entrée de garage. Des graffiti s'étalaient sur le mur mais je n'ai pas essayé de les lire. J'ai sorti mon 7.65. Il l'a regardé sans le voir. J'hésitais à appuyer sur la détente, je voulais qu'il me supplie.

— Frank Kavinsky.

— Oui, Frank Kavinsky, les surgelés! Tu vas mourir!

— On meurt tous un jour. Je savais que ça allait arriver.

Je le tenais par la gorge, la gueule noire de mon arme posée sur sa tempe. Il n'avait pas peur. Je lui ai répété qu'il allait mourir et lui m'a redemandé si j'aimais Soledad. Par moments son esprit revenait dans un semblant de réalité, il recouvrait la raison que je commençais peut-être à perdre.

— Tu l'aimes et tu vas l'aimer pour toujours!

Il recommençait son délire.

— Oui, pour toujours, et je serai là moi aussi, il a rajouté.

Sa phrase s'est terminée dans un rire puis aussitôt il a répété mon nom comme pour s'assurer de ne jamais l'oublier. Une lueur a jailli de ses yeux, une petite étincelle, il m'a demandé si j'étais juif, et sans attendre la réponse, il a continué:

— Un juif assassin! Penses-tu que tuer te conduira à la lumière? La mort ne m'effraie pas, maintenant ou plus tard...

J'ai rabaissé mon arme.

— Tu es fou, Frank! N'est-ce pas une raison de plus pour ne plus voir Soledad? Tu es fou comme je l'étais, je suis en toi comme tu es en moi!

Son rire a de nouveau résonné.

— La vie est une roue qui tourne, Frank, une sale plaisanterie faite aux hommes.

Son rire était de plus en plus bruyant. J'ai eu peur. J'ai caché mon arme, je revenais peut-être à la réalité.

— Je vais mourir de toute façon, ce n'est pas la peine de me tuer. Quand je t'ai vu, j'ai su! La mort a pris ma première femme, puis la mère de Soledad. La mort te prendra aussi, Frank! J'aurais aimé te voir disparaître, j'aurais aimé tellement de choses, mais le temps passe et nous fauche. Nous nous reverrons puisque tu ne vas pas me tuer. Toi et moi, c'est une histoire sans fin, tu voulais être à ma place, Frank, à ma place... À bientôt donc...

Et son rire gras a encore retenti, je l'ai regardé et je me suis retourné pour le laisser dans ses visions. Il m'avait fait peur, il m'avait remué les tripes avec des mots alors que je n'avais réussi qu'à le faire rire avec une arme.

Les flocons avaient grossi. Le sol s'était recouvert d'un million d'étoiles scintillantes, et il en tombait encore, de plus en plus. Juste fou, complètement dément.

Sans me presser, j'ai continué mon chemin. Il y avait des traces de petites fourmis égarées dans les rues. Chacun de mes pas se dessinait sur le sol, la neige allait les recouvrir pour toujours et moi je n'étais que le juif assassin d'une sale plaisanterie.

8

La ville était ensevelie sous une blancheur maladive. Toutes les formes rectangulaires disparaissaient dans un semblant de jour. Il avait neigé, mais la neige avait fondu en laissant derrière elle une brume indélicate envelopper la cité d'une uniformité totale.

J'ai écrasé ma cigarette. C'était la troisième que j'éventrais depuis un réveil brutal. C'était aussi le troisième café que je buvais et qui stagnait au fond de ma gorge avec un goût amer. J'ai continué à regarder vers l'extérieur. Le jour et la nuit dansaient toujours et pour l'éternité. Un halo blafard émergeait des ténèbres en entraînant avec lui quelques formes étranges et anonymes. J'avais toujours cru à l'opposition des valeurs et des éléments. J'avais toujours voulu voir le monde à ma manière, sans frontière floue, mais, au contraire, découpé à la perfection. Une nouvelle fois j'étais dans l'erreur! Le 7.65 traînait sur la table comme une tache graisseuse sur la robe immaculée d'une mariée. Je n'osais plus le toucher. Je savais maintenant qu'aucune vérité n'était exacte, que le passé lui-même pouvait être faux, pire, que le passé pouvait même être construit de toutes pièces, et c'est ce qui me rendait malade. À côté du pistolet une revue d'armement était encore ouverte. Je l'avais lue et relue, cherché les erreurs, fait des rapprochements, mais tous les mots écrits avaient peuplé mon cauchemar et je m'étais réveillé dans la peau d'un autre.

Après cette envie de tuer Luis et surtout après son rire dément, devant le trou noir de mon arme, j'avais cherché des renseignements sur mon grand-père et sans le vouloir vraiment, j'avais réussi à mettre la main sur un paquet de documents. La dernière revue avait donné sa dimension terrible à mon cauchemar. L'article décrivait mon pistolet comme un outil précis et fiable, de munitions de calibre 7.65. L'auteur donnait un nom particulier au modèle en ma possession, un nom qui m'avait abasourdi. Il s'agissait du Walter PPK. Le modèle était allemand, frappé de l'aigle nazi soit sur la crosse, soit sur le canon, juste au-dessus de la gachette. Des photographies montraient l'arme de près et je n'eus pas besoin d'agrandissement pour me rendre compte que je possédais un Walter PPK. L'empreinte du IIIe Reich y était d'ailleurs, minuscule peut-être, mais bien visible pour un œil curieux.

Je me suis assis en face de la revue, en tête à tête avec la gueule ouverte de l'automatique et je suis resté ainsi un bon moment. J'arrivais à lire le nom de l'arme à l'envers. Walter PPK, un vrai nom de domestique. «Walter, voulez-vous me débarrasser de tout cela, s'il vous plaît?» «Walter, raccompagnez donc monsieur jusqu'à la porte...» Puis il y avait PPK. Chaque lettre, bien séparée et écrite en gros caractère, résonnait dans ma tête; chaque lettre pouvait ressembler à un coup de feu rapide. P.P.K.

Mon grand-père avait donc ramené cette infâme merde ici! Mais quelle était donc la vérité sur sa vie dans le ghetto de Varsovie, sur sa fuite et sur son odyssée à travers la Pologne, sur ces nuits de peur et de froid? Quelle était la vérité sur ce fameux bateau qu'il avait pris clandestinement? Quelle était la vérité sur l'empire Kavinsky et quelle était la vérité sur mon père qui avait poursuivi le chemin déjà tracé, mon père qui m'avait élevé dans la droiture et la religion, mon père qui n'avait jamais voulu recevoir Anna sous prétexte qu'elle était allemande?

Anna! Anna allemande et moi petit-fils de nazi...

J'ai allumé une autre cigarette. Oui, la vie se foutait de tous, de moi, de moi et de tous les autres, de moi comme des autres, comme de toutes les petites fourmis.

* * *

Ça a cogné à la porte et péniblement je suis allé ouvrir.

— Frank!

Elle s'est jetée dans mes bras, je ne savais pas si Luis lui avait raconté notre petite conversation. J'avais débranché mon téléphone et je n'avais pas non plus osé remettre les pieds à l'Eldorado.

J'ai refermé la porte et elle s'est avancée dans la cuisine. Sur la table, plus noire que jamais l'arme attendait. Je lui ai pris la main et avant d'essayer de mieux la voir je l'ai entraînée dans le salon.

— Pourquoi ne m'as-tu pas donné de tes nouvelles? J'étais inquiète!

Sa beauté envoyait des éclats dans tous les sens, j'ai cru un instant que la brume allait se dissiper mais le passé m'a rattrapé trop vite.

— J'ai vu Luis l'autre jour. Il sait pour nous. Il ne veut plus que je te voie.

Elle a souri. Sa robe flottait autour de son corps comme un voile sur un trésor. Ses yeux étaient légèrement maquillés. Un mascara noir les dessinait comme pour les rendre plus pétillants.

— Impossible, Frank! Luis ne pourra rien empêcher, j'ai une nouvelle pour toi, une bonne, j'espère!

Son visage effleurait le mien, son haleine fraîche m'enivrait, déjà je sentais le désir monter en moi.

— Quelle nouvelle?

— Je te le dirai. Mais avant, dis-moi pourquoi tu es resté seul sans donner signe de vie.

Je me suis légèrement écarté d'elle, peut-être pour

mieux la voir mais aussi pour trouver le courage de parler sans la toucher, sans la salir.

— Il aurait fallu lire le passé, me dire toutes ces choses que tu devais voir... Soledad, je suis un assassin!

Elle a haussé les épaules, son sourire venait de disparaître.

— Es-tu devenu fou pour dire des choses pareilles?

— Non, malheureusement, je sais tout maintenant, j'ai compris pourquoi tu me demandais de ne pas retourner le passé, pourquoi ma vie n'avait pas commencé. J'ai compris certaines choses, je viens d'une famille de tueurs, mon grand-père était nazi, un salaud qui a peut-être tué des centaines d'êtres humains.

Elle avait la tête baissée. Elle semblait ne pas prêter attention à mes paroles, j'avais pourtant insisté sur les mots, mais elle examinait le bout de ses bottes, sans bouger.

— Et alors?

— Et alors! Comment veux-tu que je vive?

J'ai attrapé sa main et je l'ai tirée comme un fou dans la cuisine pour lui montrer le 7.65.

— Regarde! C'est un Walter PPK, une arme redoutable, précise, que les nazis utilisaient. Comprends-tu?

— Ce qui est fait est fait. Tu ne peux pas souffrir pour les autres. Tu n'as pas le droit de t'en vouloir. Tu n'y peux rien.

Elle m'a ramené dans le salon, puis comme pour chercher d'autres mots, elle a regardé par la fenêtre et sans élever la voix elle s'est mise à parler, très vite.

— Tu ressembles tellement à Luis avec tes histoires de guerre et d'horreur! Lui, c'est l'Amérique du Sud et to,i la vieille Europe, on dirait que vous avez été meurtris pour toujours. Mais bon dieu, faites quelque chose!

Le rouge lui était monté aux joues, ses yeux brillaient mais aucune parole n'avait déchiré mes oreilles, tout avait été dit à mi-voix. Elle a rejeté ses cheveux en arrière comme pour prendre son élan et mieux continuer:

— Son père était capitaine dans l'armée de je ne sais quel dictateur fantasque. Une ordure peut-être, un salaud comme tu dis, un type comme ton grand-père sûrement. À cette époque, l'insécurité régnait dans les rues. Le peuple se battait contre le pouvoir et la terreur. Le bruit des bottes, des matraques et des grenades. Le bruit des chars dans la nuit, surtout la nuit, et le cri des torturés. Je te raconte ce que Luis m'a raconté, c'est tout. Je n'ai rien vu ni rien entendu de tout ça… Dans cette pourriture, un fils de capitaine aimait une insurgée. Ils essayaient de se voir la nuit, de s'aimer et de croire au lendemain, juste au lendemain. Une nuit, la fille a été fauchée par une balle et Luis a été arrêté. Sans son père, il aurait lui aussi fini avec un trou dans la tête, mais il a été relâché après quelques coups et sitôt libre, il a fui son pays. Il en a toujours voulu à sa famille, et il en voudrait encore à son père si celui-ci était vivant. Voilà une belle histoire, non? Dis-moi maintenant à quoi la haine peut-elle servir? On ne choisit ni son lieu ni son heure de naissance, et jamais on ne peut être directement responsable des actes des autres. Il faut juste vivre sa vie, enterrer les morts pour accepter le monde. Juste cela, Frank, juste cela...

Elle avait peut-être raison, mais Luis avait vu au fond de moi, il avait ri en me traitant de juif assassin.

— Peut-être.

— Ce n'est pas à toi de payer pour le passé, et ce n'est pas à toi de juger non plus. Ces choses ne t'appartiennent pas. Il faut les laisser dormir et ne pas les déterrer.

— Avais-tu vu tout cela dans les cartes?

— Est-ce si important de connaître l'origine exacte de la personne aimée? Est-ce si important que ton grand-père soit un assassin ou le sauveur d'un peuple? Qui est assassin dans une guerre? Qui est du bon ou du mauvais côté? Frank, il n'y a jamais rien de net, jamais! La guerre engendre des tueurs dans n'importe quel camp. La guerre développe les instincts meurtriers des hommes et donne à chacun un prétexte ou une excuse pour régler un compte personnel. Anna était allemande et tu l'aimais, pourtant à cette époque tu étais juif! Non, Frank, ce n'est pas important de toujours savoir, la dualité n'existe pas dans ce monde. Rien n'est parfait, rien n'est juste, excepté le présent et nos propres agissements.

— L'avais-tu vu dans les cartes?

Tout à coup cela prenait de l'importance pour moi, j'avais envie qu'elle me rassure et d'une certaine manière, elle l'a fait.

— Le rouge en dernier, Frank. L'échange d'un passé pour l'avenir, l'amour éternel. J'ai vu certaines choses et j'en ai interprété d'autres, c'est d'ailleurs pour cela que je suis là!

— Hein?

— Les cartes ne se sont pas trompées. J'avais vu que ta femme te donnerait un enfant. Eh bien! Je suis enceinte!

Le dernier mot était tombé comme un couperet, les cartes et encore les cartes avaient eu raison. Soledad était cet amour éternel qu'elle-même m'avait prédit et Luis voulait empêcher notre union. Je ne savais plus où j'en étais. Je me suis levé dans un état comateux. Dehors rien n'avait changé, la brume ceinturait toujours la ville, quelques immeubles se perdaient dans le ciel et ma vie les suivait. Tout était sans dimension réelle. J'ai soufflé sur une vitre puis j'ai tracé un cercle dans la buée. Je lui ai demandé ce qu'elle comptait faire.

— Comment cela?

— Veux-tu cet enfant?

— Oui, et toi?

— Moi? Moi je ne suis plus grand-chose, je ne suis peut-être qu'une erreur de parcours. Un être perdu dans le néant.

— Frank, s'il te plaît, réponds-moi!

— Je ne sais pas, Soledad, je ne sais pas. Refaire le passé, reconstruire un monde irréel pour un être qui n'a rien demandé. Crois-tu que c'est juste? Crois-tu que cet enfant sera heureux?

J'ai regardé encore une fois par la fenêtre, de temps en temps une voiture passait en silence, tout était feutré, rien n'existait véritablement. Comment pouvais-je donner l'avenir à un être sans y croire moi-même?

— Un amour éternel? ai-je demandé.

— Oui, Frank!

— Un juif assassin?

— Et un grand-père sud-américain.

Je ne savais même pas si elle se moquait de moi. J'ai posé la question, l'unique, celle qui était peut-être primordiale.

— Que va dire ton père?

— Que crois-tu qu'il puisse dire? Il ne me fera pas avorter à coups de pied dans le ventre, il acceptera de toute façon! Avec le temps, il n'aura pas le choix et de plus, nous ne sommes pas obligés de le lui dire tout de suite. On a du temps devant nous, quelques semaines de répit avant qu'il ne s'en aperçoive.

— Un enfant de toi?

— Oui un enfant, mais pas que de moi, de toi aussi.

— Oui...

— Oui, quoi?

— Rien! Je ne sais pas, je ne sais plus. Ce matin, je me suis réveillé dans un cauchemar. Je venais d'abattre un million d'enfants maigres. Mourir doit être une délivrance!

— La mort n'est qu'une étape vers une autre vie. Éternellement nous recommençons, éternellement les mêmes gestes se répètent et éternellement nous sommes vivants.

— Oui, mais la mort...

— La mort n'est qu'un instant pour un nouveau départ! Frank, veux-tu cet enfant?

— Oui, si tu penses qu'on va y arriver.

— Il n'est pas question d'y arriver ou de ne pas y arriver, puis à quoi? J'ai dans le ventre une partie de toi, ne pense plus au passé, un être va naître ou renaître et il faudra l'aider à vivre.

— Et Luis?

— N'aie pas peur de lui. Il acceptera, il sera même heureux, tu verras.

Elle s'est levée du fauteuil pour s'approcher de moi et nous nous sommes embrassés. Mon état comateux n'avait pas changé, mes lèvres dansaient dans le vide et mon corps réagissait difficilement au sien. Un enfant de Soledad, l'amour éternel, une roue qui tourne. Tout s'embrouillait, elle m'a demandé si je voulais sortir pour prendre l'air et j'ai acquiescé dans un murmure.

J'ai refermé la porte. Dans mon subconscient des êtres nus et décharnés flottaient toujours. J'ai regardé Soledad descendre les marches, son corps me rappelait un autre corps. Elle s'est arrêtée un instant pour m'attendre. Elle se trouvait juste à l'endroit où Anna avait fait sa chute. Je l'ai attrapée, je n'étais plus seul maintenant, et sans le vouloir je m'étais collé un paquet de responsabilités sur le dos. Un enfant, un but dans la vie et un lien direct avec une personne aimée...

* * *

La brume commençait à se lever, une sphère aveuglante stagnait au-dessus de nous et parvenait mal à nous envoyer un peu de chaleur malgré l'hiver qui écrasait tout espoir de fièvre. Inutile et sale, le soleil gisait dans le ciel comme un confetti après la fête. Il rappelait le temps passé. Soledad m'a pris la main et tranquillement nous avons marché vers le sud de la cité.

— Avec toi je vais retrouver le bonheur.

J'avais affirmé un désir, mais en fait je n'en savais rien du tout.

112

— C'est drôle, c'est à ton âge que Luis a rencontré ma mère.

— Oui?

— Oui! Et peut-être que comme nous ils se sont aimés en cachette.

— Et comment va-t-on lui annoncer la grande nouvelle?

— Il le verra bien tout seul!

Nous descendions vers le port. Souvent nos promenades nous y attiraient, ce lieu en évoquait peut-être d'autres, et puis nos parents y avaient débarqué un jour, mon grand-père et son père s'y étaient peut-être même croisés.

— J'aimerais que l'on vive ensemble.

— Pour cela il faut attendre.

— Mais attendre quoi? Que Luis nous donne sa bénédiction, non! Il faut le mettre au courant et lui avouer nos désirs. Tout sera ainsi pour le mieux, pour lui comme pour nous.

Le soleil avait finalement réussi à chasser la brume. Dans le vieux quartier, les odeurs tenaces et le cri des goélands annonçaient notre arrivée au bord de l'eau. Déjà on entendait l'appel des sirènes. L'air devenait aussi plus vif.

— Non, Frank, il faut attendre, le préparer et nous préparer. Je te l'ai dit, nous avons du temps.

— Cela veut encore dire que l'on passera des presque nuits ensemble et que l'on se verra seulement lorsque ton père aura le dos tourné.

— Mets-toi à sa place.

— Je n'ai envie d'être à sa place que pour vivre près de toi. Tu as l'âge d'avoir ta propre vie, non?

— Frank, nous avons toute la vie, qu'est-ce que quelques semaines de plus à attendre?

Un doute commençait à m'envahir. Un doute et une espèce de malaise étrange, mais très vite tout fut balayé à la vue des premiers navires. Le visage de Luis disparut même complètement de mes pensées.

Nous nous sommes arrêtés un instant pour regarder les grues charger et décharger les cargos, puis nous nous sommes assis sur un banc. Malgré le froid et sans se l'avouer, nous devions tous les deux penser à l'enfant.

— Oui, nous attendrons avant de le lui dire.

Rien ne pressait, j'ai attiré son visage près du mien et au moment ou elle m'a le plus rappelé Anna, je l'ai embrassée. Une sirène a hurlé dans le lointain, quelque chose venait de se briser en moi, imperceptiblement.

Un type est passé près de nous avec un gros chien noir. J'ai regardé l'animal trotter le museau au sol et j'ai fait remarquer à Soledad que depuis deux ans on en voyait de plus en plus et que, tenus en laisse ou non, ils étaient esclaves de leur condition. Mais elle n'était pas d'accord, elle ne voyait là qu'un moyen d'échapper à la solitude, une forme de thérapie à l'incommunicabilité. Elle avait peut-être encore raison, la ville n'appartenait ni aux chiens ni aux fourmis, la ville se suffisait à elle-même, elle ne respirait que pour ses murs et surtout pas pour nous.

— Certains ont des animaux parce qu'ils ne peuvent pas avoir d'enfants.

— Je ne crois pas. Je pense plutôt qu'ils ne veulent pas d'enfants. On vit de plus en plus dans un monde égoïste. Vivre aujourd'hui veut dire enculer les autres; la famille, le couple, tout ça c'est de l'histoire ancienne, chacun vit pour soi, pour son bonheur propre, pour justifier une identité. Même les bébés sont faits pour ça, pour se donner un rôle, une importance.

Elle m'a regardé froidement tout en m'expliquant que notre enfant ne serait jamais un jouet et qu'il était important pour elle d'en avoir un, pour continuer la vie et avoir une partie de son âme dans un autre corps. Elle m'a aussi dit que c'était peut-être ça, le but ultime de l'amour. Je n'avais rien à rajouter, je l'ai encore interrogée pour savoir à quel moment on annoncerait la nouvelle à Luis.

— Dans quatre ou cinq mois, quand mon ventre aura pris des formes et que tu courras le soir pour aller m'acheter des fraises.

Je l'aimais. Je l'aimais et rien au monde ne paraissait plus beau. Avec elle je m'éloignais de toutes mes nuits et je savais que toute ma vie serait ainsi, près d'elle, heureux, et que vieux je l'aimerais encore et toujours.

Nous avons regardé un autre cargo qu'on déchargeait et elle a voulu rentrer.

Comme presque tous les soirs nous avons pris un taxi et comme presque tous les soirs nous nous sommes embrassés devant la porte de l'Eldorado. L'endroit semblait vide, aucune lumière ne perçait à travers les vitres. Elle m'a souri avant de disparaître et j'ai demandé au chauffeur de démarrer. Une folle petite neige tombait, un peu comme une poussière brillante, magique. Le gars s'est légèrement retourné vers moi.

— Putain! L'hiver a commencé et on n'a même pas vu l'été!

J'ai grommelé un oui fatigué et le type a allumé un cigare infect avant de poursuivre.

— Ce pays-là, monsieur, c'est pas un endroit vivable. Va bientôt falloir reprendre la vie souterraine et je vais encore perdre de l'argent.

Il a encore tenté deux ou trois fois de me faire parler, et comme je restais muet il s'est rabattu sur la radio. Elle a crachouillé un petit moment avant qu'il ne trouve la bonne station puis, après un court flash d'informations locales, elle nous a balancé une vieille chanson à faire ressurgir des fantômes. Je me suis calé dans mon siège pour affronter quelques souvenirs et j'ai allumé une cigarette. J'étais père maintenant, j'allais bientôt accompagner un être dans le grand bordel de l'humanité. J'ai voulu sourire. Dehors, les flocons avaient grossi.

9

Deux jours plus tard je suis allé attendre mon père à l'entrée de l'usine, j'avais un méchant compte à régler avec lui, et mon flingue au fond d'une de mes poches. Il était six heures trente du matin et il faisait très froid. Un vent violent balayait la ville avec l'envie certaine d'emballer toutes âmes mettant le nez dehors. Aucun café ne pouvait servir de refuge et aucun endroit ne pouvait convenir plus à un homme abandonné que la cabine téléphonique dans laquelle je me trouvais. Une demi-heure plus tard, deux faisceaux de lumière ont surgi du néant. Il devait être dans la voiture, rasé de près, avec peut-être sa petite pute de caissière. Quand les phares se sont éteints, je suis sorti de ma cachette. La tête bien droite, je l'ai vu marcher seul vers l'entrée du personnel. Surgissant de l'enfer matinal, je l'ai arrêté.

— Faut que je te parle!

— Tiens! Tu es bien matinal, mon garçon!

— Faut que je te parle tout de suite!

— Bon, allons prendre un petit café à l'intérieur pour nous réchauffer.

— Non! Dans la voiture!

— J'ai pas le temps de...

— Et moi j'ai dit qu'on va aller dans la voiture!

J'avais brandi mon arme, mes mains tremblaient, il était fort possible que le coup parte tout seul.

— Ce n'est pas une façon de s'affirmer!

— À la voiture, s'il te plaît!

Le vent ne relâchait pas son emprise. Arrivés à la luxueuse limousine, nous nous sommes installés sur les gros sièges en velours.

— Veux-tu aller faire un tour?

— Non!

— Alors parle! Parle vite, je n'ai pas que ça à faire, moi!

— Comment je m'appelle?

— Est-ce une blague?

— Non! Ce n'est pas une blague! Je veux savoir comment je m'appelle, comment tu t'appelles et quel était le vrai nom du grand-père.

Il a mis le contact, juste pour le chauffage, a-t-il précisé, il faisait froid, trop froid, même vautré sur du velours.

— C'est quoi le fin fond de la question?

— Regarde cette arme! Il y a un aigle, là! C'est une arme nazie, un Walter PPK, alors ne me raconte pas d'histoires et dis-moi qui était réellement le grand-père.

Il a cherché une cigarette au fond d'une de ses poches, puis il m'a tendu le paquet. Son comportement était celui d'un homme qui allait parler, se vider. Il a poussé l'allume-cigare et m'a regardé bien en face.

— Kavinsky! C'est ça notre nom, juste ça!

— Arrête tes conneries, veux-tu! Dis moi comment le grand-père a débarqué ici avec un truc pareil dans ses valises? De quel côté était-il?

— Est-ce si important?

— Oui!

— Calme-toi, Frank.

Il a allumé sa cigarette et me l'a tendue pour que j'en fasse autant.

— C'est une longue histoire… Ton grand père était juif et polonais. Pour sauver sa peau, il s'est engagé dans l'armée hitlérienne puis il est bêtement devenu officier. À l'été 44, il s'est réfugié en Suisse, il avait compris que l'Allemagne était perdue. De Suisse il est passé en France, et de là il s'est embarqué sur un bateau. C'est ce que je sais, c'est tout.

— Et il en a tué combien? Combien de femmes et d'enfants, dis-moi! Un bon boucher, d'après toi?

— Tu ne devrais pas dire ces choses. Il a sauvé sa peau comme n'importe qui aurait essayé de le faire et il...

— Et pourquoi pas comme simple soldat? Pourquoi officier?

— Pourquoi! Pourquoi! N'as-tu que ce mot à la bouche? Je n'en sais rien, peut-être pour la gloire, la puissance, l'idéologie, peut-être pour de l'argent ou peut-être pour tenter de sauver les siens.

— En avez-vous parlé ensemble?

— Pas vraiment. Il voulait plutôt oublier cette époque, il disait souvent que les juifs avaient trop souffert, puis après il y a eu la religion et ça l'a aidé, ça nous a aidés.

— Lâches!

J'avais à peine murmuré. Ils s'étaient cachés derrière la religion, derrière les prières, pour eux c'était peut-être plus facile de croire à un seigneur tout-puissant, à un être distribuant ses bontés comme ses châtiments, à un être offrant le bonheur à certains et la misère à d'autres.

— Oui, nous étions peut-être lâches, peut-être, mais Dieu...

— Et Anna! C'était à cause de tout ça? T'avais peur qu'elle découvre vos vraies origines?

— Oui, Frank, oui... Mais le grand-père est mort et Anna aussi, ils ont payé...

— QUOI? QU'EST-CE QU'ANNA A PAYÉ?

— Elle était allemande, elle s'intéressait aux immigrants d'Europe, elle cherchait peut-être sa famille et...

— Vieux fou! Tu fabules!

— Si tu veux, traite-moi de ce que tu veux, mais dis-toi qu'Anna a payé pour les siens, personne n'échappe à la justice divine, personne, Frank!

— Fou, tu deviens fou! Toi aussi tu devrais payer. Je devrais écrire la vraie histoire de Kavinsky et Fils, je vois déjà les gros titres, un truc dans le genre «L'entreprise Kavinsky tenue par des anciens SS» ou mieux: «Après les fours, ils font dans le surgelé». T'imagines un peu ce qui pourrait arriver à tes actions cotées en bourse?

J'ai baissé la tête, j'avais honte encore une fois, honte pour eux, honte pour moi.

— C'est pas vrai tout ça, c'est pas vrai, n'est-ce pas? Ne me dis pas qu'Anna a payé pour le passé? Ne me dis pas qu'il y a une justice ici-bas et que la vengeance est toute-puissante?

— Tout le monde doit payer un jour.

— Oui, tout le monde, toi et moi y compris...

J'ai ouvert la portière et glissé un pied dehors. Comme un animal affamé, le froid m'a attrapé la jambe et j'ai senti sa morsure cruelle déchirer mes chairs.

— Maintenant je sais, tout est folie.

— Non, fils, non! Dieu veut tout cela!

— Dieu mon cul, oui! C'est trop facile.

Je suis sorti de la voiture, j'ai regardé celui qui se disait mon père et je lui ai annoncé la grande nouvelle.

— Tu vas être grand-père à ton tour, mais ne t'inquiète pas, je ne dirai rien au petit, ou seulement que tu es mort il y a très longtemps.

J'ai claqué la portière. Le soleil brillait inutilement à l'horizon, le froid allait durer presque cinq mois et à la fin de l'hiver, Luis serait au courant pour Soledad, la vie bouclait un tour, il en restait tant encore...

10

La neige avait enseveli la grande cité et tout était léthargique, emprisonné dans un cocon de glace. Même le ventre de Soledad, qui en quatre mois s'était transformé, paraissait dormir sous ses couches de vêtements. Aucune rondeur ne trahissait son état et Luis, même si le jour approchait pour lui d'apprendre la nouvelle, aurait été incapable de découvrir la vérité à cause du rhum qu'il ingurgitait. D'après Soledad il buvait de plus en plus, et elle le retrouvait souvent écroulé dans un coin, une bouteille à la main. Je ne disais rien ni ne répondais; il me semblait plus facile de le voir ainsi sombrer, j'étais toujours aussi amoureux et en aucun cas je ne voulais la perdre.

Noël avait passé tranquillement et les décorations avaient disparu comme elles étaient apparues, rien ne se transformait totalement et la monotonie résistait comme par habitude.

Un samedi, elle me demanda d'aller sur la tombe

d'Anna, et sans regret je l'y conduisis. Le cimetière était désert et la neige découpait imparfaitement le paysage où seulement quelques croix émergeaient de l'océan aveuglant. Seules les allées principales avaient été dégagées, laissant à chacun le devoir de se souvenir de la place du mort qu'il venait visiter. Je marchais tranquillement dans la direction d'Anna, respirant un air différent.

Arrivé au bord d'une forme légèrement surélevée, j'ai balayé la neige pour vérifier le nom.

— C'est ici!

Anna Muller reposait dans une boîte de pin, enterrée à deux mètres de profondeur. Soledad a touché le marbre puis, sans se presser, elle a sorti une petite boîte de son sac à main. En me regardant, elle l'a ouverte au-dessus de la tombe et une poudre s'en est échappée.

— Qu'est-ce que c'est?

— Des pétales de fleurs séchées. Je n'ai rien trouvé d'autre, et je voulais lui offrir quelque chose.

— Merci...

Elle a refermé la boîte et l'a remise dans son sac. La poussière appelait la poussière.

— C'est moi qui dois la remercier, tu sais, sans son malheur nous ne serions pas ensemble, nous lui devons beaucoup.

— Oui, beaucoup.

Au bout de dix minutes Soledad m'a pris la main pour m'entraîner vers d'autres morts. Elle marchait la tête penchée vers le sol, le regard absent. Nous avons quitté le chemin tracé par les préposés à l'entretien et nous avons continué dans une neige plus épaisse et plus difficile à éventrer. Plus loin, nous nous sommes arrêtés devant une croix de granit rose et elle a fermé les yeux. La croix émergeait à peine de la neige et pourtant elle devait être haute, bien plus haute que beaucoup d'autres; je me suis élancé pour la dégager mais Soledad m'a arrêté.

— Non! Laisse! Ce n'est pas la peine.

— Tu ne veux pas voir?

— Non, je ne crois pas, c'est mieux comme ça, je la sens en moi, je la devine avec nous. Tu sais, pour moi elle est toujours là, même si je ne l'ai jamais connue. Elle me ressemble, j'ai une photo d'elle, un jour je te la montrerai.

— Elle te ressemblait vraiment?

— Comme une goutte d'eau ressemble à une autre, mais elle était plus belle que moi, beaucoup plus belle.

— C'est peut-être pour ça que Luis ne veut pas te voir partir?

— Je ne pense pas.

Elle n'a pas fouillé dans son sac pour chercher une autre boîte. J'ai eu peur qu'elle prenne froid et je l'ai serrée dans mes bras, mes mains sur son ventre. J'étais moi aussi dans un vide total, je l'aimais comme j'avais aimé Anna, j'aimais et j'étais chez les morts. Un frisson m'a parcouru, je me suis un peu plus collé à elle. J'avais froid d'être si proche du passé.

11

Après les pluies glaciales du début de l'hiver, deux mondes s'opposaient dans la grande cité. L'un était extérieur, fait de froid et de vent, l'autre était souterrain et totalement artificiel. Ce dernier représentait le centre exiguë de la fourmilière, une foule compacte et hétéroclite s'y agitait jusqu'à la fin des mauvais jours mais c'était un mode d'hibernation possible, car tous les trucs nécessaires à la survie s'y retrouvaient. C'était aussi un univers restreint mais parfait dans son irrégularité humaine, dans ses vices et ses plaisirs, pour ses moutons égarés et pour ses loups aux dents longues. Tout rappelait l'existence naturelle, et si le faux pas n'y avait pas de place, il y était pourtant, comme toujours. D'habitude j'y étouffais, mais avec Soledad j'avais changé et je me surprenais moi-même à m'arrêter dans certaines boutiques. Souvent j'essayais de découvrir les publicités mensongères ou les slogans éhontés qui faisaient de nous de pauvres proies potentielles. Il m'arrivait aussi de plonger tête première dans les pièges construits par les fins technocrates de la vente et de sortir sans réfléchir des billets de banque du fond de mes poches. Dans ces moments-là, Soledad me traitait toujours de fou, mais si elle ne voulait pas que je dépense trop, elle acceptait avec plaisir toutes mes petites emplettes, surtout quand je lui affirmais que tout ce fric venait d'un héritage malsain, d'un père mort, décoré posthume pour sa lâcheté familiale. Elle riait alors et se mettait au garde-à-vous, moi je souriais seulement, je ne lui avais jamais raconté la fin de l'histoire ni la dernière conversation que j'avais eue avec Kavinsky père, et bien qu'elle fût au courant de mon différend avec lui, elle en ignorait la profondeur et surtout ce mélange de haine et de doute que je préservais égoïstement au fond de moi.

Nous étions dans un *Baby World* et j'examinais des petits pyjamas couverts d'ours polaires quand elle me tira par la manche pour me montrer du doigt un vendeur de crème glacée.

— Offre-moi un cornet.

J'ai laissé retomber la nuit arctique pour la suivre vers le kiosque de crème glacée. Il y en avait de toutes les couleurs et sûrement pour tous les goûts.

— Vous désirez?

— Un cornet à la fraise, un double s'il vous plaît.

Le type a plongé le bras dans un bac de couleur rose et Soledad s'est retrouvée avec une montagne fondante entre les mains. J'ai payé et j'ai ramassé deux serviettes en papier sur le comptoir, dans la foule je m'attendais au pire.

— À la fraise?

— Oui, c'est bon!

— Est-ce le temps d'annoncer la nouvelle à Luis?

Sa langue tournait d'une manière sensuelle autours des boules glacées, une certaine connotation sexuelle s'échappait de l'image que je croyais avoir fixée, mais ses yeux noirs m'ont regardé d'un air suppliant.

— Non, Frank, pas encore, on ne voit rien!

Et c'était vrai, à condition bien sûr de ne pas trop regarder.

— J'ai peur pour lui, Frank! Il boit trop, il dit qu'il n'a pas besoin d'aide quand je veux être près de lui. Il ne me parle plus.

Sa voix était fêlée par la pitié; une goutte de glace fondue a glissé sur son chandail, d'une main experte je l'ai effacée. Ses seins devenaient plus gros, plus ferme, elle se métamorphosait lentement.

— Il s'est peut-être aperçu de quelque chose.

— Je ne crois pas, on dirait plutôt qu'il est ailleurs, complètement absent. Il refuse même que je lui tire les cartes, c'est étrange.

Nous nous sommes installés à une table sous des parasols; de là, nous pouvions observer la foule. Les gens étaient de plus en plus pressés, ils ne se regardaient plus, ils ne se voyaient plus, mais c'était peut-être cela la vie, une course à l'aveuglette vers le néant.

— Et comment va-t-on appeler notre enfant?

— Je ne sais pas. Mickael ne me déplairait par pour un garçon.

— Et si c'est une fille?

— Alors tu choisiras.

Son visage était devenu soudain plus pâle, un instant une ombre avait glissé entre les soleils électriques et ses pommettes colorées, je lui ai demandé si elle se sentait bien, mais sachant que son problème était un problème de femme et que j'étais dans l'impossibilité de l'aider, j'ai pensé à autre chose et surtout aux possibilités de trouver un appartement avec une chambre en plus.

— Dans quel quartier aimerais-tu vivre?

— Je ne sais pas, peut-être pourrions nous rester au-dessus du bar et tout transformer en quelque chose de plus heureux.

— Avec ton père?

— Peut-être.

— Je ne préfère pas.

— Alors, où tu veux, mon amour, tout cela n'est pas important pour moi.

Elle m'a tendu son reste de cornet et je l'ai mangé sans reconnaître le parfum de fraise. Non, je ne voulais pas vraiment vivre avec son père, et pourtant je ne voulais pas non plus m'éloigner de l'Eldorado.

— Veux-tu que l'on ressorte à l'air libre?

— Oui, j'aimerais ça.

Des escaliers mécaniques nous ont remontés à la surface de la terre et la réalité de l'hiver nous a fouetté le visage. Un instant nous sommes restés figés à chercher de l'air et à sentir la brûlure du froid dans nos poumons, mais très vite nous nous sommes réchauffés et pendant une bonne demi-heure nous avons marché sans parler.

L'après-midi tirait à sa fin et la nuit était au rendez-vous, un liseré bleu d'outremer tranchait sur le noir, les lampadaires empêcheraient bientôt les étoiles de scintiller et les commerçants commençaient déjà à rabattre leurs lourds rideaux de fer. Soledad me traînait inlassablement vers l'ouest de la ville, sans se soucier des plaques de glace cachées sous la boue urbaine. Elle rayonnait d'une beauté surnaturelle. Déesse de la nuit, elle me faisait oublier les murs de béton qui s'élevaient dans l'obscurité.

— Tu sais, j'ai l'impression que près de toi la ville n'existe plus.

— Mais la ville n'existe pas, la ville n'est qu'une invention, une vision.

Et elle a ri d'un petit rire amical, je savais qu'elle se moquait de moi et de mes tourments, et je savais aussi que cet univers lui plaisait.

— Je vais te faire un cadeau, Frank!

— Oui?

— Je ne t'ai rien dit tout à l'heure mais j'aimerais, moi aussi, respirer un autre air pendant quelques jours. J'ai donc dit à mon père que je partais en vacances une semaine avec une amie.

— Et où veux-tu aller?

— Au bord de la mer.

La mer en hiver, c'était encore une de ses idées, une folie de femme enceinte, mais je n'étais pas contre.

— Et comment allons-nous y aller?

— La solution est au coin de cette rue.

— Tu ne veux tout de même pas voler une voiture?

— Non, idiot, juste en louer une.

Elle nous avait dirigés vers un centre de location, il ne nous restait que quelques minutes avant la fermeture. Je lui ai conseillé d'accélérer le pas, car il n'y aurait peut-être plus de voiture, mais je lui ai aussi dit que la vie était bien plus belle, tout d'un coup.

— J'ai déjà réservé quelque chose.

— Mon Dieu! Madame est cachottière.

— Eh oui! Nous passerons chez toi pour prendre quelques affaires et ensuite CIAO! Nous quitterons tout pour la mer.

C'était si simple, tout était si simple avec elle.

* * *

Quand la fille de l'agence nous a tendu les clefs, j'ai tout de suite compris que nous allions échapper à l'enfer citadin. Une seconde plus tard je me suis vu rouler toute la nuit avec une musique douce en compagnie de la voie lactée. Il m'en fallait peu pour devenir poète, j'ai souri comme un enfant.

Le modèle était japonais de forme aérodynamique, aucune tache n'aurait osé s'accrocher à la carrosserie trop blanche, elle semblait tout droit sortie de l'usine. J'ai ressenti une petite vibration au niveau du cœur quand je me suis installé au volant, j'avais l'impression de tenir une solution à notre problème. Bien sûr, je ne savais pas où Soledad voulait aller, je ne savais rien du ruban d'asphalte qui glissait sous les roues de la Toyota, mais il me semblait réaliser un de mes rêves et rattraper une certaine insouciance perdue. Rouler vers nulle part, rouler avec l'ultime but d'aller voir un autre monde et surtout prouver aux autres que la liberté n'était pas seulement une illusion. Mais était-il possible de partir ainsi, d'oublier la grande cité et de la voir disparaître à jamais dans le rétroviseur? Je n'en étais pas certain, puis il y avait ce petit nuage qui foutait tout en l'air, cette certaine maturité qui me soufflait que nulle part n'existait pas, et que n'importe où c'était le même bordel.

À l'embranchement de l'autoroute il fallait choisir entre l'est et le sud, j'ai ralenti un peu et j'ai demandé à Soledad où elle voulait aller, pour ma part j'avais assez d'adrénaline pour rouler toute la nuit.

— Direction sud, matelot!

— O.K.! Capitaine.

Pendant un bon moment une coupole lumineuse a plané dans le ciel, la ville renvoyait ses milliers de rayons électriques dans l'infini, elle luttait contre la nuit avec la complicité des cheminées d'usines qui, tels des dragons moyenâgeux, crachaient leurs flammes vers les cieux. Puis lentement des étoiles sont apparues et tout le noir du ciel a scintillé comme un arbre de Noël. Il n'y avait pas trop de circulation et sans danger je pouvais lever le nez de la route pour chercher la Grande Ourse ou d'autres constellations moins classiques. Nous avons longé le fleuve un bon moment. De temps en temps un navire nous croisait à contresens, on devinait que c'était un de ces monstres au ventre enflé par quelques lumières instables ondulant étrangement dans le vide.

Soledad dormait, sa tête sur mon épaule et une main posée sur ma cuisse. Pour un peu, j'aurais cru tenir le monde dans mes bras, pour un peu seulement, car malgré toute la féerie de la nuit j'avais l'impression que la réalité était différente.

J'ai mis la radio et cherché un poste tranquille sans parlote ni publicité, un vieil air de jazz est sorti de dessous la boîte à gants et de nouveau mon sang a coulé dans mes veines. J'avais presque oublié Anna, presque oublié mon père, son père et toutes les conneries qui n'existaient que pour nous faire souffrir. J'avais presque fait un pas en avant, presque réussi à voir une petite lumière au bout du tunnel, mais ce n'était qu'un *presque* instable, avec des rebords tendus au-dessus du vide et des pics acérés qui attendaient la chute. J'évoluais sur une échelle de sentiments: du pessimisme je passais à l'euphorie pour replonger dans l'expectative, heureusement Soledad me tenait la main pour m'empêcher de me casser la gueule. Ne m'avait-elle pas affirmé que ma vie n'avait pas vraiment commencé? Je ne pouvais d'ailleurs plus en douter, j'avais basculé dans une autre histoire, accepté de nouveaux rôles, plus ou moins à temps partiel peut-être, mais sûrement pour l'éternité. Je pataugeais encore dans le marasme de mes pensées quand elle a ouvert les yeux.

— Je t'aime.

— Moi aussi.

— Où sommes-nous?

— Entre le passé et le futur, sur une route qui nous conduit au bonheur et qui illumine nos âmes.

— Mais plus précisément?

— Je ne sais pas exactement, vers le sud en tout cas, c'est un bon point de repère.

Je me sentais soudain plus volubile et complètement heureux, pratiquement au sommet de mon échelle sentimentale, j'ai regardé ma montre, il était dix heures, je n'avais pas vu le temps passer ni les kilomètres s'aligner.

— J'ai faim.

— Moi aussi. Veux-tu que l'on s'arrête quelque part?

Si la voiture offrait l'impression de fuir la civilisation, l'autoroute nous la rappelait toujours, et tous les quarante kilomètres un restaurant s'enluminait comme un feu sacré pour les nomades perdus que nous étions. Un peu plus tard je me suis garé devant un de ces refuges de routiers et d'amants abandonnés. En rentrant dans le Pépito and Cie une lumière bleue électrique nous a aveuglés. Trois types faisaient face à des hamburgers frites et des canettes de Coca-Cola, nous nous sommes perchés sur des tabourets derrière un comptoir et un Noir s'est précipité pour prendre notre commande.

Les menus manquaient d'originalité, excepté pour les boissons. Soledad a demandé un grand verre de lait et moi un café bien serré. Je voulais tenir le coup et surtout ne pas m'endormir avant d'avoir mis le plus de kilomètres entre nous et la grande cité.

Nous avons avalé nos hamburgers silencieusement; ensuite, j'ai essayé de retracer notre route sur une carte. Le bout du monde était encore loin, Soledad a pointé un endroit bien précis au bord de la mer. J'ai lu le nom de la ville, tout haut.

— George Town Harbour.

— Oui! Il y a quelque temps j'ai lu un article dans une revue qui parlait de cette petite ville. Ça m'a donné l'envie d'aller y faire un tour.

C'était encore à plus de sept cents kilomètres, l'hiver devait y être moins sévère.

— Adjugé, capitaine! On embarque!

— Merci, matelot!

J'ai payé le gars et nous avons fait le plein d'essence, j'en ai profité pour faire le tour de la bagnole. Sa blancheur avait fondu dans la nuit, le carrosse s'était transformé, mais je tenais encore Cendrillon dans mes bras et ses lèvres brillaient. Je l'ai embrassée, gentiment, sans chercher à plonger ma langue dans sa bouche, j'avais une longue route devant moi et il fallait que je tienne le coup sans trop penser à autre chose.

La Japonaise a repris sa course nocturne avec toute l'agressivité d'un samouraï et Soledad s'est confortablement installée en position horizontale.

— Ça ne te dérange pas si je dors?

— Non.

Et c'était vrai, son corps près du mien, son ventre légèrement arrondi et toujours ce petit air de jazz, la nuit pouvait durer une éternité, je me cramponnais au volant les yeux grands ouverts, je tenais un instant fragile.

* * *

Sept cents kilomètres plus bas le paysage s'était transformé et nous avions remonté le temps comme pour admirer un automne tardif. J'avais remarqué ce changement au milieu de la nuit, d'abord à cause de la route qui était devenue plus sèche, puis en me garant sur le bas-côté pour me dégourdir les jambes et fumer une cigarette. Ça me faisait du bien d'être dans un coin sans hiver, sur le coup j'avais eu envie de réveiller Soledad mais le vent m'avait fait changer d'avis et j'étais rentré au chaud sans crier mon euphorie.

Au premier rayon de soleil, elle avait émergé de son siège et d'un air ravi elle avait jeté un coup d'œil autour de nous. La mer s'unissait au ciel, ou l'inverse, et tout trempait dans un bleu de carte postale, seuls quelques chalutiers déteignaient à l'horizon, suivis de nuages d'oiseaux marins.

— Hum! Il fait beau.

— Ouais…

Effectivement il faisait beau, mais mon dos était en compote, mes yeux à demi fermés — c'est seulement à travers deux petites fentes bien tendues que j'admirais le décor. J'aurais donné beaucoup pour être dans un bain chaud, cette nuit de route avait calmé mon ivresse de fuite.

J'aperçus la sortie de l'autoroute pour George Town Harbour, j'allais enfin pouvoir souffler et décoller mes doigts du volant. Soledad était aux anges, tout lui paraissait irréel, tout sauf mon état délabré. Elle a redressé son siège et promené une main dans ses cheveux avant de faire surgir un crayon noir de son sac pour se peindre les paupières. Elle resplendissait. J'ai ouvert la fenêtre pour respirer de grandes bouffées d'air, il faisait frais, je commençais à retrouver un deuxième souffle.

12

George Town Harbour était une petite ville portuaire de trois mille cinq cents habitants, les gens vivaient plus du tourisme que de la pêche et l'hiver n'existait pas, du moins pas comme nous l'entendions. C'était le patron de l'hôtel Saint-John's qui nous avait appris tout cela, Soledad avait décidé d'y passer une semaine. Notre chambre était parfumée, tout en osier, des fleurs séchées traînaient sur une petite table avec des revues de mode. Un instant j'ai cru que ma belle allait s'allonger pour en feuilleter une, mais sans faire un brin de toilette nous nous sommes retrouvés plantés devant un copieux petit déjeuner.

Je me suis réveillé vers cinq heures de l'après-midi, j'étais allongé sur le lit et ma première vision fut celle de Soledad face à la mer, les deux mains posées sur son ventre tendu. Ça lui allait bien. Je suis resté un bon moment dans ma contemplation puis je me suis levé pour l'enlacer.

— Ce sont tes derniers moments d'anonymat, ton

ventre commence à annoncer la couleur.

— Oui, je sens aussi des choses, ça bouge là-dedans, c'est vivant.

Je l'ai embrassée dans le cou et j'ai glissé mes mains sous son chandail pour venir caresser ses mamelons du bout des doigts. Bientôt ils sentiraient le lait, l'instant était assez étrange, j'avais et je n'avais pas envie de faire l'amour. Le ciel s'enflammait au loin, rien ne changeait, tout continuait. La vie n'était qu'un cycle irréversible et nous étions des pions, des petites choses inconséquentes.

— Allons-nous bientôt souper?

Elle avait faim, de plus en plus souvent. J'avais du mal à comprendre que déjà nous vivions à trois, que son ventre renfermait une parcelle de mon corps, j'avais du mal à accepter le temps qui coulait si vite, le fil de la vie était bien tendu et il ne me restait qu'à continuer comme un funambule, les derniers mètres allaient sûrement être les plus difficiles.

Nous étions sortis de l'hôtel pour le repas, la petite ville valait effectivement le coup d'œil, toutes les maisons étaient construites en bois et peintes dans des tons pastel. C'était supposément pour les marins, pour qu'ils voient ou imaginent leurs femmes même en mer. J'ai pensé un instant que nous pourrions vivre dans ce coin mais Soledad m'a parlé de son père, elle m'a dit qu'elle lui téléphonerait plus tard, alors je n'ai rien dit, je savais seulement que j'avais assez de fric pour m'acheter une cabane au bord de l'océan et y regarder mon enfant grandir.

Nous avons pris le Délice du pêcheur, un plat pour deux avec des fruits de mer, des crabes entiers et une montagne de langoustines. Pour faire passer le tout, j'avais commandé un petit vin blanc mais elle n'en a pas bu, son apéritif était peut-être déjà de trop, elle ne voulait pas abuser. En fin de repas, j'ai pris un digestif.

— Tu n'es pas bien ce soir?

— Oui et parfaitement bien même!

— Alors pourquoi cet alcool?

— Pour en profiter, me faire éclater des étoiles filantes et rêver que je te tiens dans mes bras!

Son caractère avait changé, de fille elle était devenue femme. Elle voulait assurer ses arrières et ne pas s'acoquiner d'une brute épaisse et avinée. Elle m'a souri et j'ai fini mon verre. Nous nous connaissions, mais il nous restait beaucoup à apprendre l'un sur l'autre avant de devenir un vrai couple et glisser dans la monotonie.

Soledad ou Anna? Anna me revenait régulièrement dans la tête mais Soledad l'estompait toujours pour me ramener sur terre.

J'ai laissé quelques billets sur la table et nous sommes sortis pour marcher le long de la plage. Nous suivions la mer, une promenade de bois avait été aménagée pour que les marcheurs ne se mouillent pas les pieds, quelques barques attendaient les pêcheurs, au loin des lumières oscillaient, tout était différent, si différent de la grande cité. Avec le temps j'étais sûr de la convaincre, le bout du chemin se trouvait peut-être ici, loin de tout, au bord de la vie. Une odeur de bonheur semblait traîner dans l'air, il ne suffisait que d'y croire.

De retour à la chambre j'ai ouvert les rideaux et éteint les lumières. La lune dansait dans l'eau et des ailes d'argent vibraient dans l'obscurité infinie. Devant ce spectacle, il était facile de croire à autre chose, peut-être même à une certaine destinée. Je me suis retourné vers Soledad. Elle était allongée sur le lit, je me suis approché et assis à côté d'elle. Je l'ai déshabillée, elle était toute en rondeurs, des rondeurs qui renvoyaient à d'autres formes dans l'ombre. Lentement elle s'est endormie, je l'ai recouverte et je suis sorti de la chambre fumer une cigarette. L'amour était un piège, un piège tendu entre la haine et la passion, la joie et le désespoir, un piège qui capturait notre être à travers un autre, et ce n'était pas évident de pouvoir y échapper.

* * *

Durant deux jours elle n'a pas lâché le téléphone, sinon pour s'alimenter et s'inquiéter. Son état empirait, j'avais beau essayer de la distraire, d'attirer son regard vers l'extérieur et de masser son corps avec de soi-disant huiles essentielles, il y avait toujours un petit truc qui clochait, un petit rien qui foutait la journée en l'air et faisait planer des orages électriques entre nous deux. J'avais beau me persuader que c'était normal dans son état, j'avais tout de même du mal à avaler. Elle ne voulait rien faire et passait des heures à étaler ses tarots, essayant de deviner pourquoi Luis ne décrochait pas, à l'autre bout. Pendant ces séances j'allais faire un tour, la voir se persécuter me levait le cœur. Puis ce qui devait arriver est arrivé; en rentrant d'une balade j'ai remarqué que les valises étaient faites et que ses yeux étaient pleins de larmes.

— Il faut rentrer, mon père est au plus mal.

— Il a enfin daigné décrocher le téléphone?

— Non... a-t-elle répondu d'un air gêné.

— Alors quoi? Comment peux-tu savoir?

Mais je n'ai pas attendu la réponse, je savais qu'il était inutile de lutter, les cartes étaient plus fortes que moi. J'ai réglé la note de l'hôtel en expliquant que mon amie préférait rentrer en ville, qu'elle s'inquiétait de la santé de son père et sûrement d'autres choses aussi. Le petit vieux m'avait répondu que c'était normal et qu'il ne fallait surtout pas tenir tête aux femmes enceintes ni tenter d'échapper à leurs caprices. J'avais été remplir le réservoir de la Toyota et j'avais bu un rhum en pensant à l'hiver qui nous attendait là-haut. Il ne restait que quelques mois avant la naissance de l'enfant, je me demandais comment Luis allait réagir, comment il allait prendre la chose. Je me posais tellement de questions que je commençais sérieusement à oublier mon passé. Cette naissance était une nouvelle vie, une nouvelle étape et une nouvelle raison de m'agripper au monde. Cette moitié de moi prenait de l'importance, c'était bien une partie de mon amour, un autre Frank et une autre Soledad, un être qui en valait deux, un être à protéger contre toutes les petites fourmis rampantes. J'ai allumé une autre cigarette et j'ai bu un autre rhum. Soledad devait dormir et rêver, la route allait être longue.

13

Une neige sale et noire recouvrait la ville comme une pluie de suie sur une terre brûlée. Dans cette désolation, Soledad n'avait pas voulu rester avec moi et à peine étions-nous arrivés dans la grande cité qu'elle avait fui vers l'Eldorado. Elle ne m'avait donné aucune nouvelle, et je n'osais pas l'appeler. Mon appartement se transformait en cage dorée, je comprenais de moins en moins cet amour paternel. Deux ou trois fois j'avais été traîner autour du café, sans la voir; je savais qu'elle m'aimait, qu'elle avait ses raisons pour être aussi silencieuse, je ne m'inquiétais pas vraiment pour elle, je pensais plus à cette moitié de moi qui poussait dans son ventre, cette raison de vivre qui mûrissait dans ses entrailles.

Un soir, en revenant d'une grande marche, un message m'attendait sur le répondeur; j'ai bondi sur l'appareil.

— Frank! C'est Soledad! Oh! Frank! je t'en prie, viens vite!

«Bip, bip», la voix de Soledad avait disparu laissant derrière elle un vide malsain. J'ai réécouté le message une deuxième fois. Elle était affolée, elle me suppliait, j'ai pensé à Luis. J'ai enfilé mon imperméable et dévalé les escaliers quatre à quatre. Dans la rue, j'ai cherché un taxi et très vite je me suis retrouvé à la porte de l'Eldorado. Trois bagnoles de flics étaient garées devant. Leurs gyrophares tournoyaient dans la nuit, une ambulance attendait. Je me suis précipité vers l'entrée du bar mais un policier m'a arrêté; sans courtoisie, il m'a affirmé que personne ne pouvait entrer. J'ai essayé de lui glisser des mains mais il m'a rattrapé par le col en me demandant si j'étais sourd.

— Il faut pourtant que j'entre là-dedans! Ma femme est là! Que se passe-t-il à la fin?

Il a lâché mon col et s'est écarté. J'y ai vu un mauvais signe. Dans la salle du bar je me suis heurté aux brancardiers, un corps recouvert d'une toile de plastique gisait sur le sol. J'ai regardé les types et un sentiment de panique m'a envahi, j'étais sûr que Soledad était là-dessous, je le sentais au plus profond de moi, elle avait presque hurlé au téléphone, l'enfant avait peut-être crevé son ventre, détruit son corps... J'ai soulevé la toile et je l'ai immédiatement relâchée en reculant d'un pas. La langue de Luis sortait de sa bouche et une longue boursouflure violacée marquait son cou. Quelqu'un s'est penché pour recouvrir son visage, et un gars s'est approché de moi avec un insigne de police à la main.

— Vous connaissez la victime?

— Oui.

— On vient de le décrocher.

Je me suis assis et il a sorti un crayon et un carnet de sa poche. Soledad, où était-elle? Je me suis relevé pour sauter sur l'inspecteur, je l'ai attrapé par le veston et je l'ai secoué en hurlant.

— Où est-elle? Où est-elle?

Deux uniformes aux gros bras m'ont repoussé sur une chaise, pendant que l'autre replaçait maladroitement son nœud de cravate. Je les ai entendus me dire de me calmer, j'aurais aimé qu'ils soient à ma place un instant, juste un tout petit instant.

— Où est-elle?

Je ne gueulais plus, ce n'était plus qu'un murmure fragile, une prière perdue.

— C'est moi qui pose les questions!

J'ai voulu me relever encore une fois mais ils m'ont tout de suite repoussé et un autre type a fait son entrée. Plus jeune, le visage fin et la peau blanche, trop blanche, c'était peut-être son premier mort, d'une certaine manière il avait de la chance.

— De qui parlez-vous?

— De Soledad, de ma femme, elle est enceinte.

— Ne vous en faites pas pour elle, elle vient de partir pour l'hôpital, nous l'avons mise sous tranquillisants, il n'y a rien à craindre, même pour l'enfant.

Il m'a regardé d'un drôle d'air et il a continué.

— Quant à vous, calmez-vous! C'est elle qui nous a prévenus, un suicide, c'est normal, l'hiver, vous comprenez, c'est la saison, les moins solides se pendent.

Elle était à l'hôpital, mais quel hôpital et pourquoi ce suicide? Pourquoi ce flic sarcastique me parlait-il de l'hiver? J'en avais rien à foutre de la saison, rien à foutre non plus de ses petits jugements ironiques. «Les moins solides se pendent...»

— Quel hôpital?

— On va vous le dire, mais avant on aimerait que vous répondiez à quelques questions.

Tous les mêmes, ils profitaient toujours du malheur des autres, c'était une forme de torture, allez parle, parle mon vieux, déballe nous un peu tout ça, avoue ton crime et on arrêtera nos saloperies. Je les haïssais, ils étaient pire que toutes les petites fourmis ouvrières, ils agitaient leurs mandibules guerrières, j'entendais presque leurs cliquetis, je commençais à rêver d'insecticide, de DDT, j'aurais aimé les descendre tous. Tuer, juste tuer quelqu'un. J'en revenais ainsi à mon point de départ, avec en plus de la haine dans le cœur. Mes yeux se sont posés sur la forme inerte étendue sur le sol, lentement j'ai relevé la tête, effacé mes fantasmes et d'une voix à peine audible, je leur ai fait comprendre que j'étais prêt à répondre à toutes leurs saletés de questions.

Pendant une heure ils m'ont cuisiné. Inlassablement je leur répétais mon nom et mon adresse, inlassablement j'essayais de me souvenir de ma première rencontre avec Luis et Soledad. Les questions pleuvaient, les réponses étaient difficiles et pas toujours sensées pour des flics. Puis ils m'ont demandé pourquoi il s'était pendu et là je n'ai pas su quoi répondre, c'était son problème, son malheur, pas le mien. Je n'ai rien dit et je ne pouvais rien leur dire, peut-être qu'il aimait trop, peut-être, mais c'était impossible à comprendre pour des gens comme eux. Après un moment de silence, le plus jeune m'a donné le nom de l'hôpital, c'était celui où Anna avait agonisé, ça m'en faisait beaucoup pour la même journée, j'avais les jambes en coton et la cervelle comme une passoire. Je me suis levé, et péniblement je me suis dirigé vers la porte.

— Un instant!

Je me suis retourné et un type m'a tendu une enveloppe.

— C'est pour vous, votre nom est écrit là-dessus, bien sûr je l'ai lue... J'ai comme la vague impression que l'on va se revoir, monsieur Kavinsky.

J'ai glissé l'enveloppe dans ma poche et je suis sorti. Les gyrophares tournaient toujours dans la nuit, ils avaient attiré des mouches et l'odeur de la mort avait fait le reste. Des badauds et des journalistes s'agglutinaient autour de l'Eldorado. La neige passait du rouge au bleu sans interruption, j'ai baissé la tête et relevé mon col, Luis était mort, pendu,

150

comme sur les toiles de Frederik. J'ai glissé dans le rouge et le bleu m'a rattrapé, j'avais mal au fond de moi.

L'hôpital n'était pas loin. Quand je suis arrivé à l'entrée de la grande bâtisse grise un paquet de détails me sont revenus dans la tête. Anna flottait autour de moi avec son odeur malsaine, Anna, son accent et sa jambe bouffée. J'ai grimpé les marches que je sentais sans équilibre sous mes chaussures puis j'ai franchi la porte vitrée. Je me suis approché du bureau d'information, une blouse blanche attendait là, tranquille elle accueillait les gens perdus, elle devait aussi les calmer avant de les orienter, c'était sûrement pas le plus facile des jobs, puis il y avait tous ces regards à soutenir, et ça, ça devait faire mal de temps en temps. La fille a été aimable; sans me faire attendre et sans poser un tas de questions indiscrètes, elle m'a donné un numéro de chambre; je me suis dirigé vers l'ascenseur. J'étais déjà entré dans cette cabine, j'avais déjà appuyé sur un bouton avec un doigt tremblant, j'avais déjà souffert en m'élevant vers une chambre mais pas de la même façon, une toute petite parcelle d'espoir s'agitait en moi. Je n'étais pas au même étage.

Elle était étendue, la tête légèrement surélevée par un oreiller, le visage serein et le ventre gonflé sous les draps. Je me suis approché

— Soledad?

Complètement droguée… Je me suis assis sur le lit, aucun tuyau n'était planté dans son corps et aucune odeur d'éther n'envahissait la pièce. Je suis resté un bon quart d'heure à la regarder et à me poser un tas de questions sur sa santé. On m'avait bien sûr affirmé que tout allait bien, que l'enfant n'aurait pas de séquelles et que le choc, bien qu'extrêmement émotif, ne pouvait en rien les mettre en danger, qu'elle remonterait vite la pente. Qu'elle remonterait bien vite la pente! C'est ce que j'avais entendu dire pour moi, je ne voyais pourtant toujours pas le sommet, et cela même au bout de plusieurs mois. J'ai fouillé dans mes poches pour retirer la lettre que le flic m'avait tendue en précisant qu'on se reverrait sûrement. Je l'ai ouverte.

Tu as gagné. Soledad va bientôt accoucher et moi je vais mourir, ou plutôt je suis mort, puisque tu as cette lettre entre les mains. Mon destin s'est accompli. Tu repenseras peut-être à tout ça, souviens-toi, un soir tu voulais être moi, eh bien, la place est libre! Je te laisse mon bonheur puisque tu y crois, mais sache que la peau d'un autre est quelquefois difficile à porter. Un vieux fou, dois-tu penser! Mais pas complètement, en quelque sorte tu m'as tué comme tu avais déjà voulu le faire. Me prendre Soledad, c'était me prendre la vie. Ne t'inquiète pas, mon suicide ne sera pas difficile à prouver et même si cette lettre tombe dans d'autres mains, tu t'en sortiras. Personne ne t'en voudra, on croira à ton innocence et Soledad te pardonnera...

Voilà, monsieur le juif assassin, la mort a frappé et la mort frappera encore et toujours. Satisfait? Je ne suis plus et désormais tu es... Je te lègue mon café, mon El-

dorado, bientôt tu recevras des papiers qu'il te faudra signer pour t'installer à ma place. Prends soin de Soledad, protège ton enfant. J'étais un vieux fou, oui peut-être, je meurs malheureux mais c'est ainsi, tu comprendras un jour, oui, tu comprendras... Adieu.

Luis

Sans le vouloir j'avais tué, mon vœu le plus fou s'était réalisé. Je me suis approché de la fenêtre. La ville scintillait dans la nuit, j'ai essayé d'imaginer les petites fourmis mais je n'ai pas réussi, il n'y avait plus de fourmis, il n'y avait que des êtres, des êtres humains, comme moi. Des êtres de sang, avec des pensées, surtout des pensées, des êtres ignorants et égoïstes. Les hommes ne pouvaient pas être des fourmis, non, une différence fondamentale existait entre eux: seules les fourmis savaient vivre en société. Je suis sorti dans le couloir pour fumer une cigarette. Tout était vide, désert. C'était le genre de couloir qui donnait une impression de néant absolu, de mort non instantanée. Long, trop long, je n'en voyais pas la fin. Les néons bleutés s'alignaient à l'infini, de l'autre côté du monde. Luis était mort et Soledad allait enfanter. Une vie contre une autre, j'avais déjà entendu cela quelque part. J'ai marché vers l'infini électrique, je ne l'avais pas tué, il était mort d'avoir trop aimé, il était mort et il me laissait sa place. J'ai écrasé ma cigarette. J'étais bien décidé à la prendre, cette place, à la prendre et à vivre auprès de Soledad jusqu'à la fin.

14

L'été était là et à travers les vitres du magasin, le soleil nous balançait ses rayons brûlants dans la gueule, ça faisait du bien.

— Bleu?

— Oui! Dans les tons pastel si vous avez!

— Sans problème! Je vais vous montrer tout cela, mais êtes-vous vraiment sûr de vouloir refaire toutes les peintures?

— Oui.

— Même la chambre du petit?

Il avait souri en regardant le ventre.

— Oui! Même la chambre de mon bébé.

— J'imagine que c'est un garçon?

— Je l'espère.

— À la vie! Vous voyez, c'est comme moi et ma femme, souvent…

Je n'écoutais plus, j'en avais assez de toutes ces conversations sur les teintes pastel, les bleus assortis et les papiers peints pour la future chambre du futur bébé. Tous les vendeurs semblaient avoir le même vocabulaire et tous essayaient de nous vendre des trucs dégueulasses pour la chambre du petit. C'est à croire que chaque détaillant en peinture avait un diplôme de pédiatre en poche. Je n'en revenais pas d'entendre toujours ces mêmes salades qui resurgissaient de plus en plus fréquemment dans nos tête-à-tête intimes.

— Tu sais, j'ai l'impression qu'il avait raison, on pourrait peut-être chercher à éveiller l'enfant, à lui offrir une vision moins stricte du monde, vois-tu…

Et ça n'en finissait pas! Pour l'enfant, son caractère, sa perception artistique, son développement intellectuel, tout y passait. J'avais fini par dire oui à tout et accepter n'importe quel travail à condition de ne pas le recommencer à chaque nouveau caca.

* * *

Petit à petit l'Eldorado se transformait, je m'y donnais de tout mon corps et le soir je m'endormais fourbu sans penser ni remuer le tas de saloperies qui gisait au fond de ma tête depuis l'enterrement de Luis. Je m'étais culpabilisé de cette mort, mais les quelques soupçons qui m'avaient entouré disparurent assez vite, mon innocence prouvée. Il y avait pourtant encore une chose que j'acceptais mal, un fait étrange qui semait un malaise en moi: Luis m'avait fait hériter! Il m'avait fait hériter et la date du testament correspondait au lendemain de notre rencontre sauvage, lui avec son gros rire et moi avec mon 7.65. Soledad, qui s'était rapidement remise, m'avait presque convaincu, d'après elle, il voulait se faire pardonner, elle y voyait comme un cadeau de mariage, une espèce d'échange post mortem, mais je pressentais autre chose et j'avais peur.

Finalement elle s'était décidée pour un bleu très clair à condition de décaper les poutres et leur redonner un état naturel. J'aimais assez ce «on» quand elle parlait. Je la voyais s'activer avec son gros ventre au milieu des pinceaux et des pots, je suivais ses ordres à la lettre, comme un bon ouvrier, je ne pouvais d'ailleurs pas faire autrement car elle savait mieux que quiconque jouer avec les couleurs. Quand j'eus fini de décaper les poutres, elle ne fut plus vraiment certaine de les vouloir naturelles et elle me supplia, les doigts entortillés, de faire différents essais de teinture. Elle opta vite pour un chêne clair et j'en fus très heureux. Je ne me voyais pas du tout repeindre les poutres une à une après les avoir lavées, poncées et fignolées à la pointe d'une épingle. Les dernières couches de peinture sèches, il ne restait plus qu'à changer d'étage pour recommencer. Tout serait bleu! Tout serait bleu et toutes les boiseries seraient teintes en chêne clair. J'avais des ampoules dans les mains, de la poussière dans les poumons, mais on continuait à travailler dur. Quand tout fut terminé, elle choisit des rideaux.

Au fil des jours mon appartement s'était vidé et notre nouveau chez-nous avait beaucoup d'allure. Il ne manquait rien, les meubles et le berceau avaient trouvé leur place, même les peintures du vieux Frederik avaient refait surface.

Elle m'avait demandé de me tenir prêt pour la fin du mois, et dans cette attente mes rêves s'étaient évaporés, je savais que ce nouveau bonheur me venait de Soledad, j'aimais de nouveau la vie, j'aimais simplement.

* * *

Un mercredi de chaleur torride, je l'avais retrouvée en pleurs penchée sur son jeu de cartes. Sans parler, je l'avais entourée de mes bras et bercée comme une enfant pendant un long moment. Elle hoquetait sur mon épaule, des mèches rebelles collaient à son visage et son mascara noir avait coulé sur ses joues.

— Frank, je t'aime!

— Moi aussi.

— Frank, promets-moi...

Mais sa phrase s'était achevée dans un long sanglot et il n'y eut plus rien à comprendre, elle pleurait péniblement, avec peut-être même une certaine douleur physique. N'y tenant plus, je lui avais demandé le pourquoi de ces larmes.

— Je me suis ennuyée, puis j'ai pensé à mon père, ça m'a fait mal.

D'une traite et sans reprendre son souffle, elle avait tout lâché, tout recraché et un triste sourire avait tenté de transformer son visage. Elle ressemblait à un clown grotesque, à un auguste bouffi et désespéré. J'avais caressé ses cheveux en lui disant que tout irait mieux bien vite, qu'il fallait surtout penser à elle et au petit Mickael, mais mes paroles loin d'arranger les choses avaient effacé son semblant de sourire.

— Qu'as-tu vu dans les cartes?

— Rien!

— Mais quoi d'autre?

— Mon père, ma mère et nous aussi. J'ai peur Frank, promets-moi de m'aimer toujours! Promets-moi d'aimer notre enfant et de le protéger! Pour toujours!

J'ai promis, j'ai promis et je le pensais. Elle était trop fatiguée, trop exténuée, Luis rôdait toujours autour d'elle, je connaissais cela, on n'y pouvait rien, les morts revenaient encore nous chatouiller, rien que des morts, des morts qui ne l'étaient pas toujours dans nos âmes.

Ce soir-là j'avais repensé à Anna, la vie se jouait de nous et rien ne pouvait changer à volonté, mais nous nous aimions et un enfant allait naître, un enfant que j'allais aimer toute ma vie, plus que ma vie. Ce soir-là, j'avais bu du rhum aussi. Le sommeil était de plus en plus difficile à trouver, à cause de la chaleur, bien sûr, mais aussi à cause de cette tension qui montait chaque jour. Si juillet nous avait entraînés dans une certaine langueur, la naissance de l'enfant donnait à l'esprit une excitation que le corps n'acceptait pas, l'air trop lourd devenait difficile à supporter et chaque jour les idées nouvelles assaillant nos pensées rendaient, ou semblaient rendre, nos déplacements plus pénibles. Soledad limitait de plus en plus ses efforts physiques, elle restait le plus longtemps possible dans la chambre alors que j'attendais sa délivrance dans la salle du bar en ressassant la mort de son foutu père. Je savais que la porte du cachot allait s'ouvrir et que bientôt la lumière allait brûler nos yeux dans un éclat de pureté. Je savais aussi que l'émerveillement allait venir au fond de moi, mais je ne savais pas quand, et plongé dans l'obscurité c'est à tâtons que je longeais les murs de ma cellule cherchant anxieusement un semblant de fissure vers notre devenir. L'attente était longue et je souhaitais la délivrance. Je souhaitais le soulagement de la mère et non plus de l'amante. Elle peinait au nom de l'amour et de la vie, j'entrevoyais pour la première fois cette souffrance d'où tous nous étions issus, l'existence commençait d'une drôle de manière. Le médecin nous avait pourtant rassurés, tout était normal, c'était seulement cette maudite chaleur, rien que ça...

15

Le 27 juillet au matin je l'ai entendue crier, dehors des moineaux chantaient et déjà le ciel devait brûler. Je me suis précipité à son chevet. Quand je l'ai vue, elle se tordait dans tous les sens. Les jambes écartées, nue sur le lit, elle cherchait sa respiration. Je ne savais que faire, et l'air se faisait rare pour tous, trop chaud, et sans vent, un peu plus tôt ils avaient annoncé 35 degrés et donné quelques recommandations pour essayer de lutter contre la canicule. Les pluies d'habitude trop nombreuses dans les beaux jours étaient passées au-dessus de la grande cité en gros nuages noirs, aucun d'eux ne s'étaient éventrés sur la ville et c'est avec désespoir que nous regardions le ciel.

— Frank! Ça vient!

La sueur dégoulinait sur son visage, elle respirait par saccades, elle soufflait et se concentrait, les deux mains sur le ventre. Je lui ai mis un oreiller derrière la tête et je lui ai demandé si elle voulait que j'appelle le médecin de famille.

— Je peux aussi te conduire à l'hôpital!

— Non.

Non quoi? Ce n'était plus vraiment le moment de jouer aux devinettes. J'ai couru vers le téléphone, j'ai prié pour que le toubib soit chez lui. Mon Dieu! J'allais être père!

— Passez-moi le docteur John Clark, s'il vous plaît! Vite! C'est pour Soledad, il est au courant.

— Un instant, a fait la voix à l'autre bout du fil.

Un instant! C'était comme me demander de décrocher la lune, mes jambes tremblaient, décidées à flancher d'une minute à l'autre, mon ventre me faisait mal, ça me tirait à l'intérieur. Mon ventre ou mon cœur, mes tripes en tout cas.

— Le docteur va vous rappeler d'ici quelques minutes, laissez-moi vos coordonnées et calmez-vous, monsieur.

Après avoir donné mon numéro de téléphone je me suis servi un verre de rhum et j'ai regardé ma montre. Les dernières minutes, j'ai pensé, les derniers instants avant l'accouchement. La sonnerie a retenti, j'ai avalé une gorgée d'alcool et j'ai décroché.

— Oui!

— Ici John Clark!

— Elle accouche! Que dois-je faire?

— J'arrive. Ne vous affolez pas, restez près d'elle, j'arrive tout de suite.

J'ai fini mon verre et comme un fou je suis retourné dans la chambre. Comme un fou je lui ai dit qu'il arrivait, que ce ne serait pas long et qu'il fallait tenir le coup. Un accouchement! Je n'avais même jamais vu une chatte faire ça, je n'avais même jamais rien vu de tel. Comme un idiot moyen j'ai voulu la conseiller, mais elle m'a souri et j'ai alors compris qu'il valait mieux me taire. Elle souriait puis elle hurlait, je ne savais plus où j'en étais, mal à l'aise et inutile, je répondais à ses sourires par des sourires et à ses hurlements par des grimaces. Mon rôle s'arrêtait là, j'étais pitoyable devant la logique de l'existence. Entre deux grimaces ou deux sourires j'ai entendu des pas dans l'escalier, je me suis retourné et j'ai vu Clark avec une femme qui devait être une infirmière. Sans me dire ou me demander quoi que ce soit, il a été auprès de Soledad et il a fouillé dans sa sacoche tout en lui parlant.

— Êtes-vous sûre que vous voulez accoucher ici?

Puis il a répété au moins cinq, six fois qu'il était toujours possible de se rendre à l'hôpital, mais devant la réponse négative il a haussé les épaules et l'infirmière m'a demandé une cuvette d'eau chaude et des serviettes de bain. Sans réfléchir je me suis exécuté, un mélange de bonheur et de dégoût s'emparait de moi. De retour dans la chambre, j'ai été pris de nausée et sans pouvoir m'en empêcher j'ai vomi. Mon corps rejetait ce que mon âme ne supportait pas, je n'y pouvais rien, j'avais toujours été ainsi. Le docteur m'a demandé de sortir, mais je lui ai dit que je voulais rester là à attendre mon enfant, que j'en avais le droit et le devoir, et que personne ne pourrait m'en empêcher.

— Très bien, mais je vais vous faire une piqûre, un tranquillisant, vous êtes trop excité.

Il avait déjà sorti une seringue et une ampoule d'un liquide incolore. Docilement je lui ai tendu le bras, il a frotté un coton alcoolisé dans la saignée du coude et il m'a piqué.

— C'est plus sûr, je ne pourrais pas m'occuper de la mère et du père à la fois.

J'ai hoché la tête, il pouvait bien me piquer avec n'importe quoi, mon état était tel qu'il m'aurait fallu tous les tranquillisants du monde pour en venir à bout, mais très vite mes jambes sont devenues lourdes et je me suis rapproché d'une chaise à la manière d'un automate déréglé. Une fois assis je me suis senti mieux pour affronter la réalité, le petit monstre allait bientôt sortir, je me demandais quelle en serait la couleur. Les yeux me piquaient, mes paupières se refermaient et mon cou devenait mou, impuissant à supporter ma tête qui tombait en arrière. À travers des taches blanches et des cônes de toutes les couleurs je voyais Soledad s'arc-bouter dans le lit, elle avait la bouche grande ouverte, le médecin avait glissé une main entre ses jambes, je pensais qu'il allait sortir l'enfant par un pied, comme dans un tour de passe-passe, il avait mis des gants de caoutchouc blancs, Soledad devenait le chapeau haut de forme du prestidigitateur, je m'apprêtais à applaudir mais le tour n'en finissait pas et, mauvais public, je me suis laissé bercer par un bien-être étrange. Les voix me parvenaient complètement déformées, comme un disque tournant au ralenti, par contre le son des objets entrechoqués résonnaient dans ma tête, comme répété par un écho. J'ai essayé de me relever et, dans un brouillard épais, j'ai vu l'infirmière marcher vers moi. J'ai entendu la voix du docteur lui dire quelque chose. Leurs visages étaient flous, j'ai compris à cet instant que jamais je ne verrais l'accouchement et que la dose qu'il m'avait envoyée dans le sang aurait pu terrasser un cheval. Je suis resté le cul collé sur la chaise, lutter était impossible, mon corps n'était déjà plus là. Mon enfant allait naître mais je ne pourrais pas le voir. Le docteur avait peut-être décidé de m'épargner la première vision de l'erreur congénitale, peut-être avait-il préféré me mettre à l'abri, me préserver encore un peu avant de me dévoiler la réalité? J'ai voulu parler, j'ai entendu hurler, j'ai essayé de m'agripper puis j'ai senti ma tête frapper quelque chose de dur. Quand j'ai ouvert un œil, j'ai vu le soulier de l'infirmière, puis j'ai senti que quelqu'un me glissait un truc moelleux sous la tête, sans insister j'ai alors refermé les yeux, j'étais bien, des nuages roses enveloppaient mes visions, une rivière coulait vers la mer et un enfant jouait sur une plage quelque part, près d'une maison en bois loin de la grande cité.

Quand j'ai rouvert les yeux j'ai tout de suite remarqué que les lampes étaient allumées; aveuglé, j'ai tendu la main vers la lumière électrique mais mon bras est retombé et le sommeil m'a de nouveau gagné.

— Monsieur?

Quelqu'un me parlait, quelqu'un voulait me tirer de l'engourdissement.

— Monsieur Kavinsky?

On m'appelait, une voix parmi d'autres, tout de suite j'ai pensé à Luis, à mon père, mais c'était une voix de femme.

— Monsieur Kavinsky?

— Oui.

— Réveillez-vous, s'il vous plaît!

L'infirmière, assise sur ses talons, me secouait avec force et me donnait des petites tapes sur le visage.

— L'enfant? ai-je demandé.

— Il va bien, c'est une fille!

J'ai rouvert les yeux, j'étais heureux, j'ai essayé de me lever, mais mon corps réagissait encore assez mal, et c'est avec toutes les peines du monde que j'ai réussi à m'asseoir. Tout de suite j'ai remarqué que la nuit était tombée, tout de suite j'ai compris que l'accouchement avait eu lieu sans moi.

J'ai demandé où était le bébé, et l'infirmière m'a répondu de ne pas m'en faire, que tout allait bien, que la petite était magnifique et que pour l'instant elle était sous observation. À sa manière d'annoncer les choses, j'ai compris qu'il y avait un problème, j'ai compris qu'elle était sûrement handicapée et que déjà il fallait la mettre à part, peut-être sous une cloche de verre.

— Comment est-elle?

— Bien, très bien, un beau bébé. Elle pèse 3 kg 760, c'est gros.

— Une fille… Soledad doit être déçue.

— J'ai quelque chose à vous dire.

Je savais qu'il y avait quelque chose d'autre, quelque chose d'affreux dans cette naissance.

— Quoi?

— Votre femme a demandé que vous l'appeliez Soledad.

— Comme elle?

— Oui.

— Deux dans la maison, ça va être difficile pour s'y retrouver, vous croyez pas?

J'imaginais déjà les petits problèmes, les rires de la mère et de la fille chaque fois que je parlerais à l'une d'elles.

— Que pensez-vous de ça? Vous me voyez avec deux filles du même nom?

Comme elle ne répondait pas, je lui ai reposé la question, je m'attendais à plus de sympathie, peut-être un sourire, mais j'ai soudain entendu le pire.

— Votre femme est décédée…

FIN DU COMMENCEMENT

Il pleuvait. Il pleuvait sur la grande cité et la petite dormait, les *lluvia de verano* allaient bientôt laisser place au froid et aux premiers flocons de neige. J'ai
regardé vers les fenêtres, la pluie cognait sur les car-
reaux, je me suis resservi de cet alcool que Luis aimait
tant; je commençais à prendre goût au monde déformé,
j'ai pensé qu'il faudrait peut-être changer les orchidées
fanées et j'ai fini la bouteille. J'étais aux aguets, mais
en attendant l'heure du biberon, des pleurs et des sourires, je ne pouvais que lever mon verre aux morts, à
l'Eldorado encore fermé et au souvenir de Georges
Town Harbour. Le liquide m'a brûlé la gorge, il était
peut-être possible de repenser à Georges Town Harbour.
Tout était peut-être possible, je savais même que
Soledad viendrait de nouveau se nicher dans mes bras
lorsqu'elle aurait grandi, mais en attendant je levais mon
verre et rien d'autre ne comptait.

Un trou noir envahissait mes souvenirs, un trou noir
qui avait commencé avec la phrase de l'infirmière,

m'annonçant calmement la mort de Soledad, un trou noir qui avait empiré quand ils m'avaient rendu le bébé en me donnant l'adresse d'une excellente nourrice et en me souhaitant bonne chance. Bonne chance! À la fin de cette journée j'avais ressorti mon 7.65 et glissé la balle dans le canon, j'avais eu envie de les rejoindre dans leurs tombes humides, de les pousser un peu afin de me perdre dans l'oubli, mais j'avais promis, promis d'aimer. Le canon sur la tempe, le doigt sur la gâchette je m'étais encore traité de lâche et j'avais reposé l'arme. Plus tard, je m'étais contenté d'un verre de rhum, le lent suicide pouvait commencer. Lâche! Je l'étais. Je l'étais comme tout être humain. Lâche pour sauver une vie, lâche pour ne plus souffrir, lâche pour vivre, car si à chaque verre d'alcool je pensais au suicide, j'étais heureux de vivre. Au fond de moi et uniquement dans mon monde flou et éthylique, une forme d'égoïsme me poussait à tenir le coup, je savais que le temps me restituerait mon amour, celle que j'avais tant cherchée. Lâche donc! Car j'espérais encore retrouver le bonheur auprès d'une image, auprès d'une copie conforme de la mère, je me demandais seulement quelquefois si elle serait capable de lire dans les cartes pour découvrir son destin. Farce ignoble que tout cela! J'ai envoyé mon verre contre le mur, des morceaux de lumière crue ont volé aux quatre coins du bar, Anna, Soledad et encore Soledad, que me restait-il? Qu'avais-je d'autre à offrir que mon amour pour retrouver un semblant de vie?

Toutes mes journées se passaient ainsi, loin de tout et même de mon passé, j'espérais seulement avoir la force un jour d'ouvrir l'Eldorado et de servir des cafés aux petites fourmis. Il me fallait revivre et oublier, revivre pour elle, lui offrir le meilleur et l'aimer. Mon sommeil avait foutu le camp avec la mort des autres, le sommeil et les vivants, je les imaginais quelquefois dans la grande salle. Sortir? Mais sortir pour quoi, pour qui, sinon pour la nourrice et pour faire quelques courses. Chaque jour n'était que la répétition de tous les jours qui avaient suivi la mort de Soledad, chaque jour commençait avec la phrase de l'infirmière: «Votre femme est décédée.»

Le bar était à l'abandon, la poussière s'était déposée partout et elle ne me gênait pas, de temps en temps je soufflais dessus pour la voir s'envoler dans un rayon de lumière et à ces moments-là je revoyais le chapeau, le balai et nos premières caresses aux gestes maladroits. Le revolver aussi n'avait plus bougé: posé sur le comptoir, il attendait que quelqu'un le ramasse pour le glisser dans une poche. Une nuit j'avais failli l'emporter, une nuit j'avais failli aller à la recherche de Soledad dans les rues, mais la petite avait pleuré et je m'étais alors souvenu de mon rôle de père, il me fallait aimer, aimer pour toujours.

* * *

Un soir, alors que j'étais dans la grande salle toute lumière éteinte, quelqu'un a frappé à la porte. Étonné, j'ai hésité un instant puis je me suis levé pour aller ouvrir. J'ai pensé à la nourrice, à mon père, à n'importe qui qui aurait pu vouloir m'aider à refaire surface. Ça cognait avec insistance, j'ai tourné le clef dans la serrure, depuis six mois l'Eldorado était un pays malade et gangrené.

— Frank Kavinsky?

— Oui, c'est pourquoi?

— J'ai quelque chose pour vous, puis-je entrer?

L'homme était de haute taille, son visage éclairé par les réverbères de la rue me rappelait quelqu'un, mais je ne voyais pas vraiment qui. Je l'ai laissé entrer, de toute façon je n'avais rien à craindre. Il s'est assis au bar avant que j'allume les lumières, ce devait être un habitué.

— Nous nous sommes déjà vus.

— Peut-être, j'ai dit, avant de me glisser derrière le comptoir.

— Voulez-vous boire quelque chose? C'est fermé, mais je peux faire une exception.

J'ai sorti deux verres et une bouteille de rhum, une bouteille neuve comme pour célébrer une grande occasion. En servant l'alcool, le passé a ressurgi dans ma tête, l'homme qui était en face de moi s'appelait Frederik.

— Vous êtes bien le peintre, n'est-ce pas?

— Oui.

— Que voulez-vous?

— Vous donner une lettre.

Et il m'a tendu une enveloppe, l'écriture ne m'était pas inconnue.

— Vous pouvez la lire maintenant, je…

— C'est ce que je vais faire, attendez-vous une réponse?

— Non pas vraiment, vous comprendrez…

J'ai ouvert l'enveloppe et j'ai tout de suite aperçu la signature de Luis. J'ai bu mon verre et j'ai commencé ma lecture.

Désormais tu es moi, tu es moi comme tu voulais l'être, et c'est sûrement difficile, mais je t'avais averti, je t'avais dit que tu allais la perdre. Pour détourner le destin il aurait fallu que je te tue, mais te tuer c'était détruire mon amour et ça, je ne le pouvais pas. Étrange, n'est-ce pas? Je savais, j'avais déjà été à ta place et déjà quelqu'un avait essayé de me prévenir. Te voilà donc maintenant dans ce grand jeu, dans cet immense manège.

Au début, j'avais espéré, mais il y a eu cette peinture, «Fin du commencement», Soledad te l'avait choisie, la mort allait frapper encore une fois, la dernière pour moi.

Regarde! Regarde et admire la mort! «Fin du commencement», tu voulais tuer quelqu'un, mais qui tueras-tu? Celui qui rentrera dans le bar ou celui qui connaîtra

173

l'histoire? Qui tueras-tu? Le père ou l'amant? Ta mort est déjà peinte. Mais la mort n'est rien, à peine une étape, la mort finale n'existe pas et toujours tu revivras dans celui qui poussera un jour la porte de l'Eldorado. Tu revivras ta jeunesse en pensant à ta fin et il ne te restera qu'à entendre un jeune homme dire que tu as de la chance, qu'il voudrait bien être à ta place.

Fou? Oui, tu peux me traiter de fou, mais ne suis-je pas déjà en toi? Rouge en dernier, l'échange du passé pour l'avenir, juste une suite dans l'éternité. Frederik a déjà peint ta mort, accepte-la et accepte-le, nos âmes ont été vendues au malin et le malin n'est peut-être qu'un peintre.

Ma lettre est terminée, tu peux me croire ou non, dans un instant je me balancerai au bout d'une corde, j'aimais Soledad, tu aimeras Soledad, on ne peut pas tout refaire à volonté.

Luis

J'ai replié la lettre sans y croire. Était-ce pour cela que Soledad désirait tant un garçon? Je me suis servi un autre verre, et mes yeux ont cherché le 7.65. Une balle, juste une balle, ma vie se résumait à ça. J'ai regardé Frederik, il m'apportait la mort sur un plateau. Je n'attendais plus grand-chose maintenant, je savais. Nos regards se sont croisés. Il venait pour moi, rien que pour moi, j'ai voulu ouvrir la bouche, dire quelque chose, mais aucun mot n'en pouvait sortir, je n'étais plus, j'étais l'autre, j'étais... Ma tête s'emballait, tout allait trop vite, avec la mort au bout, un garçon, rien qu'un garçon. J'ai baissé les yeux et mon regard est tombé sur le revolver. Tuer quelqu'un, un jour il faudra que je tue quelqu'un, sans haine, juste comme ça.

Puis sa voix a déchiré le silence, je n'ai pas tout compris, mais j'ai distinctement entendu ses derniers mots.

—... peut-être que nous pourrions être amis?

— Oui, j'ai dit, oui, peut-être...

La Muse et le Boiteux, Normande Élie

Non, je n'ai pas dansé nue, Sylvie Sicotte

Nouvelles d'Abitibi, Jeanne-Mance Delisle
Grand Prix de la prose du Journal de Montréal 1991

Le Pendu de Mont-Rolland, Monique Beaulne.

Le Piège à souvenirs, Esther Rochon

Le Porphyre de la rue Dézéry, Colette Tougas

Le Secret, Monique Pariseau

Ses cheveux comme le soir et sa robe écarlate,
Jeanne-Mance Delisle

Soleil rauque, Geneviève Letarte

Station Transit, Geneviève Letarte

Un ancien récit, Virginie Sumpf

Un trou dans le soleil, Marie-Danielle Croteau-Fleury

La Ville aux gueux, Pauline Harvey
Prix des Jeunes Écrivains du Journal de Montréal 1983

Achevé d'imprimer
en février 1994 sur les presses
des Ateliers Graphiques Marc Veilleux Inc.
Cap-Saint-Ignace, (Québec).